前线

前线

[苏]柯涅楚克 著
萧三 译

中央党校出版集团
国家行政学院出版社

图书在版编目（CIP）数据

前线 /（苏）柯涅楚克著；萧三译 . -- 北京：国家行政学院出版社，2022.4
ISBN 978-7-5150-2670-1

Ⅰ. ①前… Ⅱ. ①柯… ②萧… Ⅲ. ①话剧—剧本—苏联 Ⅳ. ① I565.34

中国版本图书馆 CIP 数据核字（2022）第 041719 号

书　　名	前线
	QIAN XIAN
作　　者	［苏］柯涅楚克 著　萧三 译
统筹策划	曲　炜
责任编辑	刘韫劼
出版发行	国家行政学院出版社
	（北京市海淀区长春桥路 6 号　100089）
综 合 办	（010）68928887
发 行 部	（010）68928866
经　　销	新华书店
印　　刷	北京盛通印刷股份有限公司
版　　次	2022 年 4 月北京第 1 版
印　　次	2022 年 4 月北京第 1 次印刷
开　　本	140 毫米 ×210 毫米　32 开
印　　张	4
字　　数	59 千字
定　　价	28.00 元

本书如有印装问题，可联系调换。联系电话：（010）68929022

出版说明

《前线》是苏联著名剧作家柯涅楚克1942年9月创作的话剧,最早由我国著名诗人、翻译家萧三译成中文并送给毛泽东。该剧本不仅在苏联反法西斯战争中产生过重要影响,还成为延安时期党的领导干部的形象教材。毛泽东高度重视《前线》人物的借鉴意义,要求将《前线》与郭沫若的《甲申三百年祭》一道作为延安整风学习文件,目的是"要我们全党,首先是高级领导同志无论遇到何种有利形势与实际胜利,无论自己如何功在党国、德高望重,必须永远保持清醒与学习态度,万万不可冲昏头脑,忘其所以,重蹈李自成与戈尔洛夫的覆辙。"

《前线》既是当年前线的真实写照,也是未来前线的一面镜子。2013年11月,习近平在视察部队时强调:"现在不少人嘴上说的是明天的战争,实际准备的是昨天的战争。我们千万不要做苏联话剧《前线》中那个故步自封的戈尔洛夫。""懂了的就努力创造条件去做,不懂的就要抓紧学习研究弄懂。"

《前线》随战火硝烟远去似已销声一个甲子,但其中所呈现的人物形象和作风对各个历史时期党员干部的深刻警示教育意义并未随时代变迁而褪色。为此我们特别重新推出《前线》简体中文经典版,旨在以时代的精神引导时代,激励广大党员干部实事求是,与时俱进,以历史观照现实,依靠学习走向未来!

中央党校出版集团

国家行政学院出版社

2022年3月

作者柯涅楚克夫妇、萧三夫妇1949年于基辅合影

照片右起：柯涅楚克(Korneichuk)，萧三的夫人叶华，萧三，柯涅楚克的夫人 Vanda Vasilevskaia

目　录

第一幕　　03

第二幕　　53

第三幕　　97

登场人物

戈尔洛夫	前线总指挥
盖达尔	军分会委员
布拉戈恩拉沃夫	前线总指挥部参谋长
欧格涅夫	军长
科罗斯	骑兵集团军司令
阿尔利克	军政治部主任
乌季危节内伊①	前线总指挥部情报处长
戈尔洛夫·米朗	飞机工厂经理
戈尔洛夫·谢尔洁伊	近卫军中尉
斯维秩卡	近卫军上校
客里空②	特派记者
梯希③	前线报编辑
亚斯塔平科	近卫军上士
果美楼里	近卫军下士

---

① 原文意为"怪人"或"可惊奇的"。
② 原文意为"喜欢乱嚷的人"或"好吹嘘的人"、"饶舌者"。
③ 原文意为"不声不响的人"。

巴史雷可夫	近卫军中士
沙雅美托夫	近卫军下士
玛露霞	女护士
赫利朋	前线通信联络处主任
麦斯特内伊①	市苏维埃执行委员会主席
别程卡	战士甲
格鲁斯特内伊②	演员
副官	
指挥员们	
总指挥部工作人员们	
战士们	
客人们	

（这些人的姓名在原文里都有双关意义：姓如其人，亦可能有这样的姓，但译成中文颇为困难，故仍采取音译。）

---

① 原文意为"本地人"。
② 原文意为"忧愁的人"。

第一幕

第一场

〔前线总指挥办公室,墙上挂有地图。总指挥戈尔洛夫在地图旁边。副官上。

副　　官：总指挥同志,前线报编辑、团政治委员梯希,和特派军事记者、营政治委员①客里空同志请求您接见5分钟。

戈尔洛夫：让他们进来。(拉绳,将布幕盖好地图。靠桌坐下,开始写字。记者客里空和编辑梯希上。客里空腰间佩着非常大的驳壳枪,胸前挂着"来卡"照相机。)请坐,我马上

---

① 系军队职衔,主要工作仍为编辑和记者。

就……（搁笔）呶①，拿笔杆子的，有什么事？（笑。梯希和客里空起立。）

客 里 空：我很荣幸代表京城报纸编辑部向您，前线总指挥同志，您，勇敢的将领致以热刻烈的祝贺。我今天接到电话，您得勋章的命令已经登在我们报纸的第一版上了，他们指定我写一篇关于您的文章，我非常高兴地写了300行的稿子。为了不致有什么差错，请告诉我，您是哪一年获得第一个勋章的？

戈尔洛夫：在1920年。

客 里 空：（记下）对。——第二个呢？

戈尔洛夫：第二个——在1921年。

客 里 空：真了不起。第三个呢？

戈尔洛夫：在红军20周年纪念日。

客 里 空：好极了。（写）第四个呢？

戈尔洛夫：第四个——那就是今天。

客 里 空：哦，是的。请原谅，请原谅，请您允许我照一张像，给京城的报纸。

---

① 俄国人口头语，有"喂""哼""呵""怎么""难道""得了吧""真的吗"等语意。

戈尔洛夫：（微笑）也许用不着吧？

客里空：不，不。全国人民都应该知道自己杰出的将领们。一分钟。（对准照相机镜头）这样。不要动。好了。再照一次。侧面。好了。谢谢。请原谅，总指挥同志，电报室今天拒绝拍发我的稿子。我一共只两篇文章——一篇是写英雄战士们的，另一篇是写您的。特别请您帮忙。

戈尔洛夫：谁欺负你了。

客里空：政治委员。说——太长了，要缩短些。但是这样的材料，难道是可以紧缩的吗？

戈尔洛夫：写我的那倒请便，缩短些也是可以的。至于写战士们的——那就不行。

客里空：怎么也不能缩短。那会牵动文章的整个结构的。这是文章的布局和体裁……的问题。

戈尔洛夫：咴。好吧，好吧。你们拿笔杆子的就会讲究什么结构啦、风格啦，还有你们说的、什么文体？真是一本糊涂账。我们当兵的，头脑简单。和我们说话要直截了当，一是一，二是二。你就说：总指挥同志，帮帮忙呀，而我们只要力量做得到，一定帮助的。（按电铃，副官上。）接赫利朋的电话。

副　　官：赫利朋少将在这里。他刚来的。

戈尔洛夫：叫他来。

副　　官：是。（下）

戈尔洛夫：我喜欢你们这一行的人，尊敬你们，只是，你们写的少，工作完成的也少。你为何不多到火线上去走走。那儿这样的材料可……

客　里　空：假如能在火线上生活，那我高兴极了。但是，我是这整个前线的特派记者，应该留在总指挥部，便于做全面的报导。但是请放心，在这里得到的材料，我就把它整理出来。我已经发表105篇描写英雄的文章了，对于我，重要的是事实，其余一切我会创造的。

戈尔洛夫：这很好。应该多写一些。

〔通信联络处主任赫利朋少将上。

赫　利　朋：报告，总指挥同志。

戈尔洛夫：请坐。你为什么要欺负新闻记者？

赫　利　朋：记者同志并没有来找过我呀。

客　里　空：我找过政治委员同志的。

戈尔洛夫：去纠正一下他的脑筋，叫他不要给我欺负报棍子①。这事情是需要的。人民应该知道，我们是怎样打仗的，我们有多少英雄呀。就为了历史也需要呀。是嘛，50年后，人民翻开报纸看看，那里面就像镜子一样，看得出来，我们是怎样打过仗来的。这是件大事啊。

赫利朋：是，总指挥同志。（向客里空）过半点钟到我那里去一趟。

客里空：谢谢。

戈尔洛夫：假如翻开我们的前线报，那里面就很少看得到什么。编辑同志，工作做得不好呵。

梯　希：很抱歉，总指挥同志。请允许我向您请教，请您指示。我们好遵命，努力改正……

赫利朋：是呀，今天就几乎整整一版都是废话。

梯　希：是关于通信联络的那篇东西吗？

赫利朋：哪里是什么通信联络。你们简直是胡说

---

① 俄国人常称或自己戏称做报纸工作的人为"报棍子"，带轻视意。

八道。我已经报告了总指挥，他完全同意我的意见。

梯　　希：总指挥同志，这是我们记者和欧格涅夫军长的谈话呀。

戈尔洛夫：（笑）你以为，在军长脑袋里就不会有糊涂的东西吗？纠正过他们的脑筋多少次了，尤其是欧格涅夫。他是欢喜在天上的云彩里过活的，而我们呢——是住在地面上。有多大的本钱，就做多大的买卖。

梯　　希：很抱歉，但是在这件事上我认为……

戈尔洛夫：你认为怎样？你在军事上，二乘二等于几都不知道。就已经——我认为……这是什么乱弹琴？（拿起报纸，看。）

赫利朋：这里，（指着）就说这个地方吧……

戈尔洛夫：（念）"他们应当知道，但是不愿意了解，今天没有真正的无线电联络，就不能指挥作战。这不是内战。"胡说。他懂得什么国内战争？我们打败14个国家的时候，他还在桌子底下爬呢。战胜任何敌人，不是靠无线电通信联络，而是凭英雄、果敢。现在他却哭起来了。不能指挥作战。好吧,我们来教训教训他。

客 里 空:哎呀呀……

赫 利 朋:关于这一段,您想一想看。(念)"仅只是由于我们个别的指挥官和首长们的落后和糊涂,妨碍着把无线电联络提到应有的高度。而提高它的一切条件都是具备着的。"

客 里 空:哎呀呀……这简直是批评总指挥。

赫 利 朋:这还不算什么。看这里。(念)"无线电联络以及一般的通信联络,德国人是搞得很好的,我们应该向敌人学习并且赶过他们。"你们懂得,这是什么意思吗?任何一个战士和指挥官读了之后,对于我们的联络工作会说什么?这能提高他们的士气吗?为什么我们要宣传法西斯的通信联络,谁需要这样做?

戈尔洛夫:咴,老责备编辑是没有用处的。这种材料,他也搞不清楚;欧格涅夫今天会来的。我们问问他。(向梯希)我警告你,假如你要伸出鼻子来管闲事,而不好好地每天描写战士英雄们,我们的勇士豪杰们,那会没有好结果的。

梯　　希：对不住，总指挥同志。以后我们一定遵命，努力改正……
戈尔洛夫：你们没事了。
　　　　　[梯希和客里空下。但当梯希出门之后，客里空又转身回来。
客 里 空：对不起，总指挥同志。我作为中央报纸的代表，应当写一篇批评你们前线报的文章。的确，前线报没有像你所公平地批评和指示的那样，充分地表扬普通战士英雄们。
戈尔洛夫：那有什么，批评吧！纠正我们编辑的脑筋。这只会有好处的。
客 里 空：是。请问我可以走了吧？
戈尔洛夫：去吧。
　　　　　[客里空下。
赫 利 朋：总而言之，他是骄傲起来了。
戈尔洛夫：谁？
赫 利 朋：欧格涅夫。俨然是个大元帅。
戈尔洛夫：这全是因为年轻啊。开始打仗的时候是个上校。3个月之后升为少将，而现在当军长了。怎么不冲昏头脑呢。但是能力有限。哎，已经开始耍花招了，动起笔，写起文章来了。给自己辩护着。

赫 利 朋：耍花招，耍花招。

戈尔洛夫：很明显。假如他把事情办得好些，就不会去写文章了。当兵的人不是写文章的，而是打仗的。只要你把事情做好，动笔的人什么地方都找得到。有过的事情，没有过的事情，他们都会写的。（笑）

赫 利 朋：真理，真理。伊凡·伊凡诺维奇，你真是苏沃罗夫一派的。

戈尔洛夫：拿来，你手里是什么？（赫利朋将一张纸交给他，戈尔洛夫读着，写着。）同骑兵集团的联络建立好了吗？

赫 利 朋：还没有呢，总指挥同志。

戈尔洛夫：为什么？

赫 利 朋：采取了一切办法，我想在一两天之内，同彼特洛夫就可以取得联络的。

戈尔洛夫：看吧，小心你的脑袋。

赫 利 朋：一切都会搞好的。还有什么吩咐吗？

戈尔洛夫：嗯。一点钟之后来我这里一块儿吃晚饭。我今天这日子倒很像是过节哩。

赫 利 朋：谢谢，总指挥同志。允许我带点庆祝的礼物来吗？

戈尔洛夫：你有什么东西？

赫利朋：留下的半打陈年白兰地。

戈尔洛夫：呶，带来吧。

赫利朋：是。（下）

〔戈尔洛夫按电铃，副官上。

戈尔洛夫：欧格涅夫来了吗？

副　　官：没有，还没有到。

戈尔洛夫：科罗斯呢？

副　　官：也没有。外面飘大雪，刮大风哩。

戈尔洛夫：盖达尔在家吗？

副　　官：军分会委员正在和政治部主任谈话。你的兄弟米朗·伊凡诺维奇·戈尔洛夫来了。

戈尔洛夫：米朗？不会的吧。让他进来。快。（站起来，去迎接。米朗上。）米朗，从哪儿来的？

米　　朗：从天上来的。（拥抱，接吻）呶，你怎么样？

戈尔洛夫：打着仗呀。

米　　朗：跟过去一样。身体健康吗？

戈尔洛夫：这个我倒还不错。

米　　朗：一点也没有变，连头发也没有白，可是我已经12年没见过你了。好，好。

戈尔洛夫：当兵的人，年岁是没有关系的，只有刺刀、子弹、炸弹片才能改变样子。你为什么这样衰老了？论年纪你小我7岁，可是头发已经都白了，你怎么搞的？

米　　朗：一切都是由于战争呵。我们，搞生产的，真困难。在苏芬战争里头发就成花白的了，而在这次——完全白了。

戈尔洛夫：少着急些。学我们的样。

米　　朗：不成呵。可以抽烟吗？

戈尔洛夫：问什么，抽吧。你高兴怎样就怎样。我这里一切都很随便，知识分子的那一套我受不了。一切按当兵的规矩办。抽烟，喝酒，骂娘；但是，事情要办好。

米　　朗：这好，只要事情能办好。

戈尔洛夫：为什么不写信？米朗。骄傲起来了吗？

米　　朗：不是，你说的哪里话。我在研究院快毕业的时候，记得，常给你写信的，还跟你要过钱。但是你只寄来过一次，再没有回过信。

戈尔洛夫：呶？没有收到，没有收到。

米　　朗：之后，我就被派到美国去了。

戈尔洛夫：到过美国？

米　　朗：两年。

戈尔洛夫：这很好，咦，美国怎么样？很腐败吧？（笑）

米　　朗：派我到福特公司去的。我在熔铁间工作过。又管过转运机，一共两年，到哪儿都是当普通工人。

戈尔洛夫：哦，我却以为只是那么样，参观参观罢了。我们也曾经被派到德国和法国去。我不喜欢德国，太枯燥。而在法国可住的不错。呵，什么东西没见过呀！可惜很快就调回国来了。那一次的旅行真美。回忆起来，真痛快。

米　　朗：可是我一回想起福特公司的转运机，现在还浑身出冷汗哩。

戈尔洛夫：为什么？

米　　朗：起初是困难的，急的发神经病了，害怕比别人落后，会被赶出厂的。放工之后勉强把两条腿从工作间搬了出来。吃也不想吃，喝也不想喝——死人一样的躺下去了。

戈尔洛夫：娃丽亚怎样？有孩子了吗？

米　　朗：没有。娃丽亚在我厂里做设计员。我们这样的生活着：我早上回家，她正在睡觉。当我醒来的时候，她已经在厂里做工了。三年来我们吵架、亲嘴都在电话里。怎么她还不甩掉我，我简直觉得奇怪。（笑）

戈尔洛夫：不会甩掉你的。你虽然老了一点，但是还很漂亮，而女人总是爱美男子的。

米　　朗：唉，你说的哪里话。由于常常夜里不能睡觉，我现在的尊容就像个睡过的枕头，皮皱皱的了。

戈尔洛夫：你应该有个儿子。我的谢柳日喀①已经在打仗了。

米　　朗：呶？很想看看他。

戈尔洛夫：会来的。我叫他住一宿。他离此地不远。你一直是在搞汽车吗？

米　　朗：早扔下了。现在搞飞机。整个大企业的经理。

戈尔洛夫：这样说来，应该骂你。飞机把我们害的

---

① 谢柳日喀或谢柳日或谢柳沙——谢尔洁伊亲昵的称呼。

好苦呀。你们造得太少……太少……

米　　朗：知道。正在努力。你们很快就会收到新的礼物的。我们两个月来，日夜不停，拼命的干，好像发了热病似的，但总算成功了。飞机的速度这样快，会使戈林气破肚皮的。

戈尔洛夫：你们少搞些什么速度吧。主要的是要造得多。瞧，人家德国人有多少飞机……

米　　朗：你不要唱这个老调了，我们知道它，听厌了你们的这一套。够了。

戈尔洛夫：为什么？我不懂。

米　　朗：我们有些军事战略家已经嚷了好几年：给我们更多的飞机呵！速度是次要的事情，重要的是数量。我们这些非军人们听了，莫名其妙，只好眨眼皮。

戈尔洛夫：呦，这话对呀。

米　　朗：哼，假如我们继续听这些战略家的话，那我们现在已经完了，德国人会把我们打得像小鸡一样了。

戈尔洛夫：你说笑话。

米　　朗：就是这些笑话，使我还没有老就白了头发。我敢保证说，世界上没有任何一个飞机工业能够改造得像我们一样的快。但是，这是我们费了很大的力气才得出来的。全凭这样的努力，我们如今才有完全现代化高速度的飞机……这样的紧张，不知道，还有谁能够吃得消啊。

戈尔洛夫：可是现在不管天空、陆地，数目字毕竟是大事情。数量能战胜一切。数量就是军事的本质、灵魂，今天这是主要的东西。

米　朗：可是苏沃罗夫说，不是以数量而是以技能作战。质量——这才是大事情。

戈尔洛夫：你说的好，难道我们不会打仗吗？这个我们却绰绰有余。苏沃罗夫，我们知道，也尊敬他。但是假如他在现在，也会要发烧的。你们，文官们，是不懂得这些的。还是来谈谈你的生活吧。

米　朗：经历过很多的事，有好的，也有坏的。今天直接由莫斯科飞来。斯大林同志把我叫去了。我和设计师一道给他看了新式飞机的模型。

戈尔洛夫：斯大林同志的气色如何？变了样子吧？

米　朗：唉，怎么跟你说呢。我也没有注意。我报告了工厂的情况，要简单、扼要，但这是困难的。事情很多。我只顾得记住问题，注意听他的意见、指示，至于他本人，我却没有来得及看了。

戈尔洛夫：啵，你这是怎么了，不该这样呀。到了领袖那儿，却说不出他是什么样子。你——老弟，简直成了狭隘的事务主义者了，狭隘。这样却不应该呀。

米　朗：也许是。他曾经问及你。

戈尔洛夫：他怎么说呢？

米　朗：他说了，昨天你这儿落下了德国人的一架驱逐机，迷失了方向。是一架新型的飞机，但是螺旋桨搞弯了，其余都好。等到送去，怕太迟了，斯大林同志劝我直接坐飞机来这儿看看，——事情会办得更快些。

戈尔洛夫：等一等。（按电铃，副官上。）接航空部主任的电话。

副　官：是，航空部主任。（下）

戈尔洛夫：斯大林同志怎么知道的呢？

米朗长：是你报告他的吧？

戈尔洛夫：没有，没有报告过。

米　　朗：那我就不知道了。

戈尔洛夫：还说什么没有？没有骂吧？

米　　朗：骂谁？

戈尔洛夫：骂我呀。

米　　朗：没有，关于你再没有说什么了。

〔副官上。

副　　官：乌多维青柯少将接了电话。（下）

戈尔洛夫：（拿起电话筒）喂，你怎么搞的，呵？昨天落下的飞机，为什么不告诉我？……德国人在驱逐机上……什么时候？不记得。胡说。打电话来过？没有的事……好，得啦吧。谁报告莫斯科的？呵哈，莫斯科来得及报告，而总指挥就……这就是报告得不好。你老弟少说一点吧。像射机关枪似的一大串，什么也听不清楚。以后再有这样的事，不要用电话报告，请你亲自到我这儿来做报告。嗯嗯……

米　　朗：飞机在哪里？

戈尔洛夫：（向电话筒）飞机在哪里呢？是的。喂，等一等。（向米朗）离这儿40公里。

米　　朗：我现在就坐汽车去。

戈尔洛夫：上哪儿？现在是夜里，在雪里面走，要明天早上才能到。

米　朗：没有关系。

戈尔洛夫：（对电话）喂，明天早上准8点钟，把飞机弄到这儿来。听懂了吗？

米　朗：关照一声，叫小心点运送，不然我们……

戈尔洛夫：（仍向电话）要小心些，保持完整的像原来一样。不然，当心你的脑袋。（放下电话筒）用不着担心。明天清早就可以得到小鸟儿了。我这里一切准确得像钟表一样。在你们那里就是讨论、开会，而这里呢——只有命令，就是死，也可得执行。

米　朗：瞧着吧。

戈尔洛夫：一点也不会错的。你今天在莫斯科看见报纸没有？

米　朗：没有，没有来得及，有什么？

戈尔洛夫：今天又奖给我第四个勋章。

米　朗：呶？庆贺你。（握手）恭喜。到战争结束的时候，恐怕挂它们的地方都不够了。（笑）

戈尔洛夫：总找得到地方的。（笑）只要有值得得到它的事情。

米　　朗：是的。这是你们将军们的事。要么在胸前挂勋章，要么在脸上挂青伤。其实，你们挨耳光挂青伤的倒还少，常常是我们挨的次数多。

戈尔洛夫：那就是，罪有应得。

米　　朗：也许是。但是假如我是站在政府的地位，就一定多给你们安上一些青的伤瘢，而且是大大的，好好的，使得大家看得见。而少给你们挂些勋章。

戈尔洛夫：你得了吧，米朗，嫉妒、眼红，不是好事。

米　　朗：一点也不眼红，万尼亚①。因为我看，会有一个大变动来的。战斗员们、中级军官们，再则是指挥师的将军们，应该给奖。但是你们，高级的——只有在战后才给奖。要想出一种特别的勋章，一下子就盖住整个胸脯，好叫人在一公里以外就看得见——战略家来了，大家尊敬，大家向他行礼。

戈尔洛夫：你这个开玩笑的专家。年轻时候是这样，

---

① 万尼亚——伊万的昵称。

现在仍然是这样。

[副官上。

副　　官：欧格涅夫少将和科罗斯少将来到了。

戈尔洛夫：叫他们进来。去请参谋长和军分会委员。

副　　官：是。（下）

米　　朗：我在哪儿去呆会儿呢？

戈尔洛夫：等一等。我不会很久的。介绍你认识一下我部下的将领们，一块去吃晚饭。你可能太疲倦了？

米朗官：不，不。

[欧格涅夫和科罗斯上。

欧格涅夫：欧格涅夫少将奉命来到。

科 罗 斯：科罗斯少将奉命来到。

戈尔洛夫：你们好。这是我的兄弟，飞机工厂经理。（介绍互相认识）请坐。路上好走吗？

科 罗 斯：不大好走，总指挥同志。

欧格涅夫：雪堆很大，坐汽车走的少，用手推车的时候多。

戈尔洛夫：应该坐飞机来。

科 罗 斯：天气不允许。

戈尔洛夫：但是我的兄弟却从莫斯科坐飞机来了。

米　　朗：从莫斯科动身，我飞的还好。但是到了你们这一带，我曾经想，一定会撞死的。我在离这儿30公里的地方就着陆了，改坐汽车来的。

戈尔洛夫：呖？我以为你是一直飞来的。

米　朗：不是。

［参谋长布拉戈恩拉沃夫和军分会委员盖达尔上，将军们起立。

戈尔洛夫：我介绍介绍。我的亲兄弟。奉斯大林同志的命令来的。飞机工厂的经理。

盖达尔：久仰久仰。盖达尔。

布拉戈恩拉沃夫：前线总指挥部参谋长布拉戈恩拉沃夫。

戈尔洛夫：请坐。伊万诺维奇，和我们一块坐坐，时间不会太久的，然后请大家一块儿吃晚饭。参谋长说吧。

布拉戈恩拉沃夫：我想，首先请第十七军军长报告执行761号命令的经过，同样也请科罗斯少将。

盖达尔：这很好！

戈尔洛夫：欧格涅夫说吧。简短些。

欧格涅夫：很短，总指挥同志。命令是执行了。但是我完全不懂得是为了什么。

戈尔洛夫：你不用这样急躁。等一会就会明白的。

科 罗 斯：命令是执行了。但是，同样应该承认，我也不懂得命令的意思。

戈尔洛夫：你，老头子，不应该这样做报告吧。执行了——就完事。其余的——等着，会告诉你的。他年轻，可以原谅。你却早就应该知道。到什么季候，长什么蔬菜。（笑）对？

科 罗 斯：是，是。

欧格涅夫：假如事情是关于种菜的话。

戈尔洛夫：没有问你。参谋长，说吧！

布拉戈恩拉沃夫：（从纸夹中取出纸来，走到地图面前将布幕拉开）所有我们夺取柯洛柯尔车站的企图，直到现在，可惜，一点也没有结果。德国人固守着车站，已经牵制我们的部队到第二个月了。占领柯洛柯尔车站——这就是要迫使德国人立刻退过河去。前线总指挥戈尔洛夫中将命令我们拟定下面的战役计划：在柯洛柯尔车站工事北面附近的地方，由欧格涅夫军长留下掩护部队守住它，他自己和属于他的科罗斯骑兵集团突破亚力山大洛夫卡村落敌人的防线，向沃洛尼·普洛特地带运动。坦克兵团和自动枪队从柯洛柯尔车站的南端突破缺口，并且监视这两条道路。德国人为了不致完全被包围，就不得不放弃柯洛柯尔车站，沿着唯一的一条空路移动。但是，这条路容易被从沃洛尼·普洛特来的欧格涅夫所切断。剩下唯一的一条退路——那里尽是雪堆，没有道路，就不得不丢弃所有的技术兵种退却。这时候科罗斯的骑兵集团就能有效地发挥它的威力了。

戈尔洛夫：而主要的是，严寒这位将军的威力。（笑）

布拉戈恩拉沃夫：正是。德国人的部队一点也不会留下来的了。飞机不能帮助它，因为这样的大风大雪不但不会停下来，而且会更加厉害的，前线总指挥的意志已经由我们在各项命令里体现出来了。

戈尔洛夫：现在明白了，为什么事先做了准备吧？

欧格涅夫：明白了。

戈尔洛夫：接受命令，大胆干去吧。

〔交给命令，欧格涅夫与科罗斯坐到桌子的尽头，取出自己的地图，读命令，在地图上

第一幕

作记号。

盖 达 尔：（向总指挥）我老实说，心里很不安静。假如德国人在车站上已经集合了很多的坦克，那可能是这样：他们把坦克开到欧格涅夫的后方去。

戈尔洛夫下：（打断他）乱弹琴！我们确实知道，在车站上他们只有50辆坦克，停在那里不动。

盖 达 尔：假如从河那面开来呢……

戈尔洛夫：假如地震呢……（笑）主要的是出其不意地打他一个措手不及。迷惑他和歼灭他。

盖 达 尔：迷惑敌人是可以的，我们也做过不只一次了。但是包围和歼灭……

米　　朗：这却做得不多。

戈尔洛夫：看是怎样的指挥官。你，盖达尔同志，不是在命令上副署了的吗？

盖 达 尔：签署——是签署了，一切似乎都对，但是在签字的时候我的手总是发抖，从来没有这样发抖过。

戈尔洛夫：这是因为你那文官的习气还没有去掉的缘故。你的手时常发抖。什么事使得你烦恼呢？

盖 达 尔：就是柯洛柯尔这个楔子。假如突然这里……

戈尔洛夫：在战争中，好朋友，"突然"总是会发生的。应当大胆地干。参谋长，对不对？

布拉戈恩拉沃夫：深思熟虑和大胆猛干，——毛奇这样说过。

欧格涅夫：你说的不确切，参谋长同志。毛奇说：首先要深思熟虑，然后才大胆猛干。首先深思熟虑就等于俗话说的，做衣服那样："七次量来一次裁。"

戈尔洛夫：对呀。

欧格涅夫：既然是对，那么您的命令，前线总指挥同志，使我当军长的很为难。虽然，站在个人的立场上说，我是非常高兴的，因为沃洛尼·普洛特是我的故乡。那里有我的父亲。也许还意外地活着哩。

戈尔洛夫：那更好啦，把你父亲救出来呀。

盖 达 尔：怎么搞的，你父亲会在那里？

欧格涅夫：秋天，当沃洛尼·普洛特被突破的时候，不提防被德国人抓去了。

戈尔洛夫：哎，说吧，说吧，年轻人。（笑）他在我们这里也要起笔杆子来了。读过他关于通信联络的文章吗？

盖 达 尔：读过。

戈尔洛夫：爬到文坛上作家群里去了，嘿！（笑）说吧。

欧格涅夫：您时常讥笑我，但是，请相信，这我一点也不在乎，只要后来的历史事实不会讥笑我们。

戈尔洛夫：你这是指的什么？讲个清楚明白。

欧格涅夫：这个命令使我回想起过去的一个命令，那时候您也笑过我的。

戈尔洛夫：那笑得对。那一次我们打败了德国人，夺回了城市。

欧格涅夫：城市也夺回来了，德国人也打跑了。但是，怎么夺回来的？谁打胜了呢？城市夺回来了，那是由于战士们的勇敢，中级和下级指挥员的英勇。胜了，是由于战斗员们违反了把军队放在最不利的条件之下的命令。这是事实。

戈尔洛夫：有趣。再往下说。（写下。）

欧格涅夫：再说——那段历史又在重复着。你说要大胆。这个命令没有什么大胆，连影子都没有。因为它没有思想，只凭"乌啦"① ——"侥幸"办事。似乎敌人在我们面前是傻瓜，在睡觉。难道可以这样去包围的吗？你只是随便的一晃，画了一个圆圈，就命令我们：跑呀，弟兄们，从两方面锁拢来呀。假如你愿意的话，我可以拿任何一点来证明。你想把坦克兵团派到什么鬼地方去啊？很明显的，只要我冲到前面去，德国人马上就会出动坦克到我的后方来的。

戈尔洛夫：（打断他）够了，欧格涅夫少将。你忘记了，你是在前线总指挥面前，而不是在青年团员的大会上。我叫你来，不是为了辩论。

欧格涅夫：我早已过了青年团的年龄了。

戈尔洛夫：过了。但是看起来，并不久。不然就不会打断总指挥的话的。

欧格涅夫：对不住，总指挥同志。

戈尔洛夫：嗯嗯。你怎么的，老家伙？尽捻胡子干什么？

---

① "乌啦"——红军冲锋时的口号声（冲呀！杀呀！），也是庆祝时的欢呼声。

科 罗 斯：（起立，激动地）总指挥同志！亲爱的伊凡·伊凡诺维奇，我同你一道经过整个国内战争阶段，一同开始的，一同尝过甘苦——共过欢乐，共过患难，我准备为你而死。但是真理高于一切。而真理是在欧格涅夫少将这一边。坦克兵团不应该被赶到鬼都不知道的地方去，应该配给欧格涅夫的这个军。

戈尔洛夫：够了，战争就是冒险，而不是算术，是应该明白这个道理的时候了。

盖 达 尔：据我看，战争是计算，是算术。也许我们还是听他们说完，好吗？

戈尔洛夫：对于我，一切都很明白。而你，假如要听的话，叫他们到你那里去讲吧。扼要的问题有吗？（沉默）有没有问题？

欧格涅夫：没有了，总指挥同志，就只对参谋长提问题。

布拉戈恩拉沃夫：请。

欧格涅夫：我们情报处的处长还是那个乌季危节内伊吗？

布拉戈恩拉沃夫：是的，乌季危节内伊上校。

欧格涅夫：请原谅，可是他处处撒谎。在车站上明明有 200 多辆坦克呀。

戈尔洛夫：你说什么？（笑）它们是从哪儿来的，从月亮里头掉下来的吗？

欧格涅夫：昨天一个俘虏供说是 300，另一个又供说是 200。甚至就拿平均数字来算……

戈尔洛夫：两个全是撒谎的。他们撒的谎还少吗？想吓唬人。这是他们的方法。（按电铃，副官上）叫乌季危节内伊快！

副官：是。（下）

欧格涅夫：我们三十师的侦察员听游击队员说，最近 10 天内柯洛柯尔车站上来了 5 列油车。运这许多汽油来是干什么的？显然，那里不只是 50 辆坦克。

戈尔洛夫：但是，也不会是 300。

欧格涅夫：有多少？

戈尔洛夫：他们那里从什么地方弄来这许多辆坦克？只有傻子才会抽出全线的坦克，集中到一个柯洛柯尔车站来。

欧格涅夫：这不仅只是车站，这是一个要塞，堡垒，是作进攻用的跳板。所以阿尔洛夫将军在它的附近跳了两个月，什么办法也没有。

戈尔洛夫：所以我们现在要一下子就政下它来。你的游击队员撒了谎。他们常常很会撒谎，但是事情做得少。

盖达尔：我们的情报工作太差了。必须采取一些认真的办法。

戈尔洛夫：为什么？我不同意这种说法。

［乌季危节内伊上。

乌季危节内伊：乌季危节内伊上校奉命来见。

戈尔洛夫：柯洛柯尔车站上有多少辆坦克？

乌季危节内伊：50辆，总指挥同志。

戈尔洛夫：不会更多？

乌季危节内伊：也许最近5天内又多少集中了几辆，但是，我想不会。

戈尔洛夫：欧格涅夫说有300辆。

乌季危节内伊：总指挥同志，从哪儿来的？他们在整个战线上，恐怕500辆还不到。

戈尔洛夫：对呀！

欧格涅夫：那么，为什么德国人这样拼命地把汽油运到柯洛柯尔去呢？

乌季危节内伊：不知道，大概是准备将来的攻势。那里本来就是他们的汽油库。

欧格涅夫：现在他们那边谁在指挥？

乌季危节内伊：不知道。从前指挥的是这个，这个……哦，忘记了，他的姓太难记了。总之是冯①什么少将……以后撤换了。现在是一个冯……我就不知道了。

欧格涅夫：这一部分现在的火力如何？

乌季危节内伊：4个普通师，大约是全额的70%的实数兵员。确实数目我说不上来。

欧格涅夫：他们有滑雪兵团吗？

乌季危节内伊：我想，没有整个的团，小队也许有。德国人就没有准备过冬的呀。

欧格涅夫：见鬼，你怎样想的，对我没有兴趣，我注意的是德国人的真实情况。你究竟知道不知道？请你回答。

科　罗　斯：冷静点，沃洛佳②。

戈尔洛夫：嚷什么，这里又不是市场。

欧格涅夫：您问他，为什么他撒谎，像在市场上一样？这是什么话？"可能""我想""也许""大概"。根据这样不确实的情报，您怎么就下命令呢？

布拉戈恩拉沃夫：你放心，我们有情报的。

---

① "冯"——德国贵族姓的字头。
② 沃洛佳是欧格涅夫的名字，弗拉季米尔的昵称。

第一幕

欧格涅夫：情报！因为下雪，飞机5天没有起飞侦察了。你们还有什么情报？在这5天中间，鬼知道德国人做了多少事。军分会委员同志，不能这样继续下去的，这成什么话？（举手摸头上的绷带）呸！头都要裂了。

盖 达 尔：（立起）总指挥同志，我应该同你谈谈。请你出来几分钟。

戈尔洛夫：什么事？

盖 达 尔：到那边去说吧。（走进另一房间，戈尔洛夫随去。）

科 罗 斯：安静点，沃洛佳，头痛得厉害吗？

欧格涅夫：嗯。

乌季危节内伊：欧格涅夫少将！我简直不懂得你的歇斯特里①。我以为……

科 罗 斯：（打断）喂，乌季危节内伊同志，你最好闭住嘴。不然的话，如果他现在给你一颗子弹，那我在任何军事法庭上都可以证明，他是应该这样做的。

---

① 一种神经病，精神反常、暴躁、时哭时笑等病态。有译为"肝火病"的。

乌季危节内伊：我可以出去，好让你的娇贵的神经安静一下。（乌季危节内伊下。）

米　　朗：呸，真是个宝贝。

布拉戈恩拉沃夫：不，他只是一个没有远见的人，能力也有限。

米　　朗：为什么你们留着他呢？

布拉戈恩拉沃夫：不是我任命他的。你们以为我同他一道做事很容易吗？只好将就。

米　　朗：那为什么呢？

布拉戈恩拉沃夫：怎么说好呢？他一直跟总指挥一道打过仗的，内战时期就在一块。他是个忠实的、有功劳的老干部。但是，能力弱一点。

[戈尔洛夫和盖达尔同上。

戈尔洛夫：这么办吧，你的左翼二十五军军长阿尔洛夫进到亚力山大洛夫卡，这就保障了你的后方，你的走廊不会被关住的，可以放心。如果他们就集中了不多的坦克，这也不要紧。要从工事里头跑到雪里来，他们是害怕的。我预先警告你，命令一定得准确执行。既使有一点极小的偏差，我要你的脑袋。这一点要牢牢记住。关于你刚才的轻薄行为,这里我记下了。往后,我是要严格办理的,明白吗?……我问你,明白吗?

欧格涅夫:是,是。总指挥同志。可以走了吗?

戈尔洛夫:去吧!

第二场

[前线总指挥的住宅。台上一个人也没有。只听见邻室的喧闹声,那里有许多客人。人们庆贺戈尔洛夫。米朗和盖达尔上。米朗把酒瓶、酒杯放到桌上,倒酒。

米　朗:来,我们只对喝一杯。

盖 达 尔:谢谢,我一点也不喝。

米　朗:你在席上不是喝了的吗?

盖 达 尔:我那倒的是果子水。我早就不能喝酒了。心脏有毛病。

米　朗:那我就只好一个人喝了。祝你健康。

[近卫炮兵中尉戈尔洛夫·谢尔洁伊上。他手里拿者杯子。

谢尔洁伊:亲爱的叔父!这不公道,从席上拿了一瓶酒就溜了。请,请喝一杯。

米　朗:(倒酒)谢柳日,你不如停止了吧,不然会喝得烂醉的。

谢尔洁伊:不要阻拦我。我在前线一点也不喝。发给我的100格兰姆,我经常给炮长车卡林科喝。但是我今天想喝醉,这只是因为你来了。是的,我跟我的那些"圣徒"①们说过,你怎么教我捕鱼的,有一次打过我。这些我都记得。(拥抱米朗。)

米　朗:什么"圣徒"?

谢尔洁伊:我这样叫我的炮手们,他们真是耶稣的"圣徒",每天做出奇迹来。

米　朗:"圣徒"。(笑)妙!

谢尔洁伊:军分会委员同志,您说我的叔父好不好?

米　朗:谢柳日。

谢尔洁伊:不,您说。

盖达尔:很好。

谢尔洁伊:呶,你看,大家一致承认好。我的圣徒们也一样。他们都爱你。真的,这是近卫军战士说的话。

---

① 原文为 Апостол——耶稣的12个杰出的使徒或传道师,都是年纪比较大的。

米　　朗：你向近卫军战士们谈论你当老百姓的叔叔干什么？也算找到了题目。你不如给他们谈谈军事生活里的什么的。

谢尔洁伊：每次作战以后，我们都欢喜谈论老百姓的生活。我知道炮兵连里每个人的一切，他们也知道我的一切。我们生活得像一家人一样。你知道，谁是我们这个家庭的父亲？

米　　朗：政治指导员？

谢尔洁伊：不是的，是炮长车卡林科，他40多岁了。大胖子，大胡子。在阵地上是一个大王，而说起故事来——使人笑的要死。叔父，到我那里去走走，你会看见那些活圣徒们的：亚斯塔平科，沙雅美托夫，巴史雷可夫，瓦西卡·索可尔，这样的人，你走遍世界也碰不到的。（从邻室里传出"祝总指挥同志的健康，乌啦"，叫"乌啦"，碰杯的声音）可是我不愿意，为了总指挥，我不喝酒。

米　　朗：这是为什么？

谢尔洁伊：敬我父亲的，我干杯的似乎太多了。敬总指挥的酒，今天我不愿意喝。是的。

军分会委员同志，您不用生我的气。我只在这里说。一般的规矩我是知道的。应该绝对地尊敬和服从总指挥。但是，今天为他喝酒，可不愿意。是的。我的话完了。现在近卫中尉小声些，睡觉去。

盖达尔：这就对了。

谢尔洁伊：我走。我只想说说我的意思。为什么客人中间没有我的军长欧格涅夫少将？呵？您不知道。我问过父亲。他骂了一顿，是不喜欢他呀。为了什么呢？他不愿意了解，我的军长欧格涅夫少将——他简直是……

米　朗：夏伯阳？

谢尔洁伊：不是。

米　朗：巴格拉梯昂①？

谢尔洁伊：不是。

米　朗：苏沃罗夫？

谢尔洁伊：你不要笑。

盖达尔：到底是谁呢？

〔静场。

---

① 巴格拉梯昂（1765—1912），俄国名将。

谢尔洁伊：他是弗拉季米尔·欧格涅夫。这是应该了解的。可是，老头子，我的父亲，是个没有远见的，狭隘的人……唉，难过，（擦眼睛）非常难过。（丢下酒杯，下。）有客人的邻室有人在弹吉他，谁在低声唱歌？

米　朗：您同我哥哥一起工作相当困难吧。

盖达尔：我不是一个军人。在战前我做的也不是军事工作。所以对于我的确是困难的。应该懂得军事。但是现在已经不是内战时侯的那种军事了。一切都非常复杂起来了。

米　朗：您以为，我的哥哥真正懂得，今天应该怎样打仗吗？

盖达尔：内战的经验他是有的。在指挥员们中间也有威望。现在打仗，他是能怎么打就怎么打，对付对付了事。

米　朗：能怎么打就怎么打仗？……这怎么能成呢？但是该怎么打仗，——这他会很快地知道吗？

盖达尔：（笑）我们大家都在等。

米　朗：也许，不必。

盖 达 尔：不必什么？

米　　朗：等待。已经够困难了，等待的代价太大了。

盖 达 尔：但是，眼前没有别的人呵。

米　　朗：嗯……欧格涅夫怎么样呢？

盖 达 尔：有才能，只是太年轻。

米　　朗：（笑）没有参加过内战。勋章也得的少。是不是？

盖 达 尔：可惜得很，在我们高级指挥员中间，这还有很大的作用。不管是什么有天才的青年指挥员，只要没有和他们一起参加过内战，就瞧不起他。为了装样子，拍一拍肩膀，而实际上是轻视的。为了这个问题我曾经证明、解释，劝说过多少次呵。

米　　朗：您不要去证明、解释，也用不着劝说，而要向无知识的蠢人们和军事上的愚昧无知宣战，做斗争。

盖 达 尔：在战争里，这样做是不行的。

米　　朗：为什么？您总该记得，在工业上曾经是怎样的。起初，在许多工厂里和托拉斯里都用一些老的、有功劳、有威望的同志当经理。他们拿自己起了茧的手、大嗓门儿和坚决地讲话来为自己吹嘘，但是技术上的事，他们是不知道的。也不愿意知道，不会管理工厂。到处吹他们的贫农出身，但是不愿意学习，不愿意拿新的经验来扩充自己旧的知识。结果怎么样呢？工厂的工作做得很坏，因为差不多到处都是这些所谓"有威望的"、自高自大的门外汉。假如党中央没有赶紧纠正过来，没有派许多工程师、技师、内行的人去领导这些企业，那么工人们一定会说：你们这些老的所谓"有威望的"人们，假如不会当家，就滚你妈的蛋吧。这是事实。那些不学无术的门外汉，无论怎样喊叫，谁也不拥护他们。人民欢喜并要求内行的和聪明的领导者。

盖达尔：在战争里这就复杂多了。这儿一下子矫正过来，可能搞垮的，需要用别的方法。敌人是在我们的国土里呀。因此，就连不如令兄的一些人，也不得不将就将就，敷衍敷衍，只要能收复自己的失地就好了。

米　朗：呶，那么和他们敷衍吧。但是，我相信这样将就、敷衍下去，你很快就会厌倦的。我今天已经对我哥哥宣战。我在这里只住两天,可是我要把他这条老牛刺出血来。

盖达尔:(笑)怎么的?

米　朗:假如客人迟到一点钟的话,就碰见了所有的盘子都是打得稀烂了的。我哥哥把一盘菜这样凶地摔在地上,只见火星四散。(笑)

副　官:(上)报告,军分会委员同志。

盖达尔:请。

副　官:刚才莫斯科来电话,请您明天18点30分到国防委员会。这是电话记录。(递条子)

盖达尔:请你告诉一下,把飞机准备好。明天早上7点30分动身。

副　官:是,明天早上7点30分准备好飞机。(下)

米　朗:可惜,您不是后天起飞,不然,我们可以一道走。

盖达尔:那岂不更好。现在我去找总指挥来。(走进邻室)

米　朗:(斟酒入酒杯)客人很多,但是愿意和他干杯的人,一个也没有。那怎么办(举

杯)祝你健康,瓦柳沙①……(喝酒)

[戈尔洛夫和盖达尔上。

戈尔洛夫:(笑)瞧,我的兄弟自己在灌酒。我爱他。虽然他成了批评家,但是……

米　朗:等着吧。等客人散了,我给你洗一个滚水澡。

戈尔洛夫:你肃静些。这儿不是后方,而是前线。我——是总指挥。只要下个命令,你马上就会在禁闭室里的。懂得吗?(哈哈大笑。)

米　朗:军分会委员不会让我受欺负的。

戈尔洛夫:自然,军分会委员可以提出抗议。我承认。但是,假如总指挥很坚决,而他应该是坚决的,那么就是老天爷也不能帮助你。

米　朗:呵哈,你,老水牛。人们放纵了你,见鬼,放纵了你……

戈尔洛夫:呶呶……我是说得出就做得出的。祝你健康。(举杯喝酒。)

盖达尔:喂,伊凡·伊凡诺维奇,叫我到莫斯科

---

① 瓦柳沙——瓦丽亚的昵称。

去。明天 18 点 30 分到达国防委员会。

戈尔洛夫：叫你一个人吗？

盖 达 尔：是的。

戈尔洛夫：那么，明天飞去吧。

盖 达 尔：我们需要谈一谈。我去收拾一下，一点钟以后你来。

戈尔洛夫：好的，客人走了我就来。

盖 达 尔：（向米朗）祝你健康。如果还能在这里碰见你，那我才高兴呢。

米　　朗：我们能在莫斯科见面。我会到国防委员会来的。一路平安。

盖 达 尔：谢谢。（下。戈尔洛夫送下。）

〔静场后，客人们手持酒杯上，有军人，有非军人，走在前头的是赫利朋少将。

赫 利 朋：总指挥上哪儿去了？我们还想好好的敬他一杯……

米　　朗：就会来的。

赫 利 朋：我提议为庆祝我们亲爱的总指挥的弟弟，大家干一杯。令兄是辉煌的名将。我说简直是天才。他是我们全军所爱戴的人。我们也相信，您是不愧为他的弟弟的。祝您健康！

米　　朗：（微笑）哪儿的话，哪儿的话。我是一个很平常的人。

［戈尔洛夫上。

赫　利　朋：总指挥同志，我们著名的、为观众所十分喜爱的功勋演员格鲁斯特内伊同志想讲几句话，并且在告别的时候唱一个我们最喜欢听的歌。请，格鲁斯特内伊同志。（把吉他交给他。）

戈尔洛夫：最好请你唱歌，不用说话了。

格鲁斯特内伊：请准许我半分钟。我是这样高兴、激动啊。我在这里呆了3个月，在你们当中，在战争的前线，我受到了极好的锻炼，充满了伟大的感情：神圣的爱和恨的感觉。

米　　朗：喂，格鲁斯特内伊，最好你还是唱歌，不然，会把嗓子说坏了的……

众：唱歌……唱歌……不要讲话……

［麦斯特内伊钻到前面来，手拿酒杯。

麦斯特内伊：等一等，我以市苏维埃主席的资格提出抗议。压迫知识分子，我是不容许的。演员格鲁斯特内伊，讲下去。

格鲁斯特内伊：（用手巾擦眼睛）好。我把我激动的感情和我的心思都反映到歌子里面去吧。

［坐下弹琴，唱：

　　　轻轻地打开篱笆的门……

［格鲁斯特内伊唱完歌以后，大家鼓掌。众声："好呀"，"好呀"。格鲁斯特内伊鞠躬。

麦斯特内伊：唱得真好。好演员。现在来一个高加索的舞蹈"列兹金卡"吧，唉……（欲跳舞。）

戈尔洛夫：停住，停住。等一等，市苏维埃主席。我应该请你们原谅，亲爱的客人。还有工作在等着我。

麦斯特内伊：我们也要工作去。我一直工作到天亮。一切力量我都贡献给前线。请允许向我们伟大的总指挥，阻止了敌人到我们城市来的总指挥，我们的战略家和救星，喊一声战斗的"乌啦"。

［着便服的客人都叫"乌啦"，跑上去，和戈尔洛夫握手。麦斯特内伊凑上前去和他接吻。

戈尔洛夫：谢谢你们，地方同志们。也谢谢我们的战友们和大家的热情。但是，照我的直爽的脾气，我应当指出：第一，今天很多人都说了，前线取得了很大的胜利，我可以

第一幕

说，有历史意义的胜利，都仅仅是因为我这个总指挥的关系。这是不对的。

麦斯特内伊：（嚷）不同意，不对！不对！

戈尔洛夫：麦斯特内伊同志，你不要讲话。我们前线的胜利，也是由于我们战士们的英勇。

麦斯特内伊：对呀，对呀，对呀。

戈尔洛夫：还有第二点，我也不同意，你们也说了很多，我是辉煌的，伟大的，甚至于是天才的将领。可是我不过是一个简单、朴实的人。我在乡村小学只念了3年书，就开始打仗。此外什么大学也没有进过。打仗，我不是在军事学院里学会的，而是在战斗里。我不是理论家，而是一匹老战马。不久以前，有个外国的评论家，关于我曾经这样写过："不能把戈尔洛夫将军放在通常观念的框子里。"这些资产阶级的专家们无论如何也不了解，我戈尔洛夫，一个从地里生长出来的人，带着庄稼汉的本质，不是科学院院士，也不是理论家，就能打那些吹牛的德国将军们，也打理论家，也打科学院院士。（笑）

［众人鼓掌。声音："妙"。

麦斯特内伊：戈尔洛夫现在打，将来也要打，因为我们的精神是这样的……

［众鼓掌。

戈尔洛夫：对啦，对啦，麦斯特内伊同志。一切事情都凭精神。我们的人的精神是朴素的，爽直的。你不惹我，我不惹你，但是你若是惹了我，——那你就当心些。一个带兵的人主要是凭精神。如果精神是勇敢的、大胆的、坚决的，那他谁也不怕。而这种精神我们是绰绰有余的。我说的对吗？（众声："对"，"对"。鼓掌）我不习惯老坐在办公室里，对着地图绞尽脑汁，冥思苦想。战争不是科学院。主要的是寻找敌人，哪里发现他，就打。只要行动，不用思考。我说的对吗？（众声："对"。鼓掌）可惜得很，我部下的某些将领直到现在还不理解这个简单的真理。在我这里有纸上谈兵的书本子战略家，老是空谈什么"军事的文化"。对于这种人只得好好地纠正他们的脑筋。

米　　朗：这你却做得很坏。我们还有很多缺少文化的指挥官，不懂得现代战争，这正是我们的不幸。要打胜仗，只凭勇敢是不行的。要取得战争的胜利，除了勇敢之外，还要善于打仗，善于照现代的方法打仗。应该学习现代的作战方法。内战的经验已经不够了。

戈尔洛夫：你们瞧，我的兄弟也说起文化来了。但是我要问你们，在战争里说得上什么文化，假如战争本身——就是完全没文化的事。我们这一行手艺是最粗鲁的，带着文化的白手套儿是什么也干不了的。同志们，再一次感谢你们的热情。你们去休息吧。我们当兵的就去工作，少将同志，是不是？

赫利朋：是，是，总指挥同志。

麦斯特内伊：同志们，我们喝完这一杯也去工作。我们喝完，把一切力量都贡献给前线。
（倒酒入杯，喝。）

格鲁斯特内伊：请你亲笔签一个名，留作纪念。（给他一个小本子。）

戈尔洛夫：可以。（签名。）

格鲁斯特内伊：谢谢。这是我最幸福的一天。再见。

全　　体：再见，再见。

〔客人们下,从走廊里传来"了不起的人物","天才","名将"。麦斯特内伊的声音:"我们城市的救星……"

米　　朗:(关门)呸……总算完了。

戈尔洛夫:好弟兄们。嗯?

　　　　〔米朗沉默。

戈尔洛夫:你想起了什么?

米　　朗:我想:天啊,什么时候才会从我们的土地上把所有的笨虫——糊涂种,拍马屁的、会钻营的、卑鄙的家伙……给通通肃清……

戈尔洛夫:你又是那一套,呶,由你想吧,想吧。那只印度公鸡也是偏着头想了又想,结果瘟死了。(打哈哈,进别的房间去了。)

米　　朗:对。想是晚了的。要打他们,这些自满自得的笨虫,要打出血来,打得粉碎,和很快用别的、新的、年轻而有才能的人来替换他们。不然,我们的伟大事业会给糟蹋掉的。

幕落

第二幕

第三场

[欧格涅夫的司令部。大房间,看得出被蹂躏、破坏的痕迹,在一角——一堆零乱的书籍。靠桌,在电话机旁站着副官,看着窗外。科罗斯上。

科 罗 斯:又下起雪来了。
副　　官:也该停了。
科 罗 斯:好让飞机炸我的马吗,啊哈,你这坏家伙。
副　　官:对不起,我错了,少将同志。
科 罗 斯:军长在哪里?
副　　官:看,在空场上。
科 罗 斯:(看窗外)那里一大堆人在做什么?
副　　官:弄回来了一些尸首,现在快要埋葬了。

科 罗 斯：战士们的吗？

副　　官：老百姓的，德国人给枪毙了的。军长在看那些尸首，找他的父亲。

科 罗 斯：是的，老头子是留在这里的。

副　　官：他就是住在这里的。

科 罗 斯：（拿起书来，看。）尽是些地理书。

副　　官：他是地理教员。前天德国人在这个小地方枪毙了 60 个人；看得出，非常残酷，许多人的脸都被刺刀戳烂了，他在人群里，本地人都看见了。他们说，老头子走在前面第一个，赤着脚，没有戴帽子。所有的人都是唱着歌走到刑场上去的。

科 罗 斯：呶？

副　　官：军长会告诉你的。把所有的人的鞋子都脱了。

科 罗 斯：我们要剥德国人的皮啊……

　　　　　〔欧格涅夫上，沉默地坐到桌旁椅子上去，用手支着低垂的头。

欧格涅夫：（低声）格利戈里……格利戈里……

科 罗 斯：怎么，沃洛佳……

欧格涅夫：没有认出来……没有认出亲爸爸来。把所有的人都剐得不成样子了，畜生。凌迟活剐成那样……简直目不忍睹啊。有打穿了洞的、砍了头的、挖出眼睛的。一些老头子躺在那里，但他们在被押着的时候，一面向刑场走，一面唱歌。他们唱："同志们，勇敢地前进！"……为了这，畜生们把他们……

科 罗 斯：不要难过，沃洛佳，有什么法子呢……
欧格涅夫：靠着这个窗户，他老人家经常坐到夜深，戴着眼镜，衰老啦，一面嗽咳着，一面批改小学生们的练习本子……给小孩们教了40年的地理……这几年来总幻想到帕米尔高原去看看。我答应了他……（略停）他曾经对所有的人说："德国人再不会前进的了，这里附近有我的儿子，他不会让他们到亲爱的故乡，到他出世的屋子里去的。"亲爱的老爸爸，他一直等着我，对我抱着希望，……你不知道，做儿子的是多么难过。……你不会相信……是啊，你有权利不相信，你也希望我们不是这样子……（从空场上传来低微的送葬哀乐。欧格涅夫站了起来，看着窗外。科罗斯也站起来）用土埋了……永别了……永别……人们会认得出你的，老教师。从你儿子身上会认得出你来的，我在你的墓前发誓：你在地下会听得见我怎样报仇的。你原谅我，我的慈祥的，亲爱的老爸爸……

科 罗 斯：沃洛佳。（拥抱他，紧抱到自己的胸前。哀乐声高起来了，听得见葬仪中的礼炮声。副官上。）

副　　官：军长同志，从前线指挥部来了一位少校。

科 罗 斯：叫他等一等。

欧格涅夫：不，用不着等，叫他来。（坐桌旁。副官下，少校上。）

少　　校：前线总指挥部来的，古萨可夫少校。

欧格涅夫：请坐。带了什么公事来了？

少　　校：给您的公文包，军长同志。（递给他。欧格涅夫拆开，读。）

科 罗 斯：冷了吧？

少　　校：我倒热的很。

欧格涅夫：谢谢总指挥部参谋长的警告，但是这还是在作战开始以前，我就说过了的。（把公文递给科罗斯，科罗斯读着。）

科 罗 斯：我们预先提醒过的，不相信，现在却决定倒填日期,送了信来。还好,现在总算送到了。

欧格涅夫:你告诉我,和坦克军团已经联系上了吗?

少　　校:好像没有,确实怎样,我不知道。

欧格涅夫:坦克军团昨天在哪里?

少　　校:不知道在哪儿。

欧格涅夫:为什么我们的友邻部队二十五军,阿尔洛夫将军睡觉呢?德国人已经向我们的走廊开火了。

少　　校:开火,我是亲自证实了的。但是为什么他们睡觉,我却不敢知道。

欧格涅夫:你见了什么鬼来,"不敢知道"同志?你是司令部的军官,还是信差?

少　　校:我的事只是把公文送给您就往回转……

欧格涅夫:送公文,见你的鬼去吧。赶快给东西吃,赶快准备好汽车,我们要赶快回去。是不是这样?

少　　校:我还想告诉你一个不愉快的消息。到您这里,我是费了很大劲儿才冲过来的。您的那条窄狭的走廊已经不存在了。敌人用迫击炮向我开火了,我几乎送了命。我不懂得,您是往哪里看的。你们现在被切断了,你们被包围了。

欧格涅夫:什么?

少　　校:是,是的,这是事实。

欧格涅夫:站起来。(少校起立,欧格涅夫鄙视地看着他。)到对面小房子去,告诉我的警卫队长说,我命令逮捕你。

少　　校:我是总指挥部的代表啊。

欧格涅夫:闭嘴!执行命令!

少　　校:是,是,军长同志。(下)

科　罗　斯:我以为,你会揍他的。真是一个胆小鬼。

欧格涅夫:可惜他是总指挥部来的,不然,我要教会他一辈子也不再说"包围"这两个字。

〔上尉通信联络主任上。

上　　尉:军长同志,密电。

欧格涅夫:(接电报,读,递给科罗斯)联络怎么样?

上　　尉:炮火有些妨碍,德国人也故意扰乱电波,但是我们还维持着。

欧格涅夫:(对科罗斯)你看这有趣不有趣?

科　罗　斯:一点也不懂。

上　　尉:没有事了吧?

欧格涅夫:你去吧。

〔上尉下。

科　罗　斯：前线总指挥或者是什么也不懂，或者是不愿意懂。固守在这里等待……等待什么？

欧格涅夫：等到德国人尽可能增援上来，然后会说：你们怎么搞的，我多少次纠正过你们的脑筋？你们朝哪里看了？现在叫我怎么办，杀你们的头吗？

科　罗　斯：那是一定的。真见鬼，这条老公牛。他这是从哪里来的这一套？

欧格涅夫：没有远见的人都是这样。得到了权势，自满自得，就欢喜"教训"人，骂人。而且一定都喜欢用棍子纠正别人的脑筋。（电话响，拿起电话筒）是的……你在哪里？来吧。

科　罗　斯：谁？

欧格涅夫：我的政治部主任阿尔利克。这才是个怪人，昨天几乎被打死了。炸弹片伤了手。老是钻到最危险的地方去。

科　罗　斯：我却以为，他是你这里的哲学家。

欧格涅夫：有学问，曾经做过政治指导员，能说两种外国话。我称呼他大学教授。

科　罗　斯：个性也强……

欧格涅夫：哈哈，你不要看他瘦瘦的，戴着眼镜；他能打断任何人的骨头。

科 罗 斯：我那里的政治委员翁奴夫里·斯特拉特可夫，强壮得很，真结实，好容易才给他找到了一匹大马，不然，经不起他，但是文化程度不算高。不错，骑马骑得真好，他也爱马。

欧格涅夫：（笑）这个姓倒也有意思，斯特拉特可夫——战略家。你从哪里掏出他来的？

科 罗 斯：派来的。我叫他翁奴夫里·科本托——马蹄子。这个姓对他很合适。

欧格涅夫：他不生气么？

科 罗 斯：不，他不在乎……

〔政治部主任阿尔利克上，手缠着绷带。

欧格涅夫：我生你的气。为什么跟着第三营打仗去了？这不合政治部主任的身份，这样冒失……

阿尔利克：师部通知了我，说第三营里敌人的奸细伸出头来了，散布了一些难听的怪话。

欧格涅夫：谁在那里搞这些事？查出来了么？

阿尔利克：查出来了，那里的政治指导员是一个很警惕的同志，警惕性非常之高，一下子都发觉了，就报告了首长。已经把全部案卷送到我那里。两个人在那里鼓动起来的，你知道，两个还都是得过奖章的哩。

欧格涅夫：怎么回事？讲了些什么怪话？

阿尔利克：非常危险的。（笑）你想一想，他们说：营长——是道地的老爷，政治指导员也是。他们自己请了一个大师傅，吃五个人吃的饭菜，而战士们的伙食搞的一塌糊涂。战士们打了伙夫，因为他经常煮一些难吃的东西。（欧格涅夫记下来。）不必写。我好好地教训了他们一顿，全营都哄动了，很久都会记得的。政治指导员和营长也会记得的。

欧格涅夫：这些混蛋。你起草一个命令，我来签名。简短地，但是清楚地说明这个事实，以后，在战士们没有吃饭之前，禁止所有的长官吃饭。

阿尔利克：很好。今天就写。

科罗斯：你还是说一说，你怎么投入了战斗的？手怎么被抓破了？

阿尔利克：（笑）德国人知道了，我在进行这样重要

第二幕

的讲话，就开始了进攻。

科罗斯：后来呢？

阿尔利克：我却不能对战士们说："同志们，你们在这里打一会儿仗，等打完了的时候，我再继续我的讲话。"

科罗斯：于是乎怎样呢？你就冲上去了——嘴里喊"为祖国，乌啦！"……

阿尔利克：哪里有我喊的，营长的哨子就像个大喇叭。我到迫击炮手那里去了。谢谢他们，让我放了几炮。我的炮弹命中的还不坏。不错，迫击炮连长忍耐不住了，他骂娘了，嫌我放的慢。我马上就走开了，把位子让给了炮手。

欧格涅夫：这才是识时务的。（咳嗽）

阿尔利克：没有什么，没有什么。连长自然是对的。怎么，总指挥那边有回信吗？

欧格涅夫：（走到门上，对副官）告诉参谋长，要他来。（听见回答："是"）就在这里。（递给阿尔利克，阿尔利克读。）

科罗斯：懂得了吗？

阿尔利克：大概是，坦克军团要往我们这里来。

欧格涅夫：忘记它吧，总部在找它，总找不到。

阿尔利克：为什么？

科 罗 斯：你不知道，我们的通信联络是怎样的。我已经两次被埋葬过了，说是阵亡了。

阿尔利克：呶，你也有不是之处啊。

科 罗 斯：怎么？我的一个电台被炸了，另一个也坏了，可是我应该有的电台，不是两个，而是 22 个。

阿尔利克：现在你有多少呢？

科 罗 斯：现在够了。我捏着赫利朋的脖梗子要，就找到了。我们这里都是这样，什么也不给，可是储藏室堆得满满的。都等着来捏脖梗子，捏的越紧，捏出眼珠子来，那时才给，而且夸奖你。就像从前的买卖人：你可以在他的跟前死去，他不会看你一眼的，但是只要能抓住他的胡子，他马上打开钱袋子，给你磕头，而且感谢你。

〔参谋长和近卫师长斯维秩卡上校上。

参 谋 长：我和斯维秩卡同志来见你。情况复杂起来了。师长，请报告吧。

欧格涅夫：滑雪部队回来了吗？

斯维秩卡：回来了。你给的任务完成了。

第二幕

欧格涅夫：很好，回来得很快，报告吧。

斯维秩卡：（掏出地图）在这里，在"康莫那尔"国营农场。离这里有……

欧格涅夫：53公里。

斯维秩卡：发现有坦克集中，数了数有150辆。

欧格涅夫：等一等。（在自己的地图上记下）往下说。

斯维秩卡："康莫那尔"国营农场的东西，在西尼岑诺村今天早上来了SS[①]师团和200辆坦克。还有一大队人往那里集中，足有两个团。这是游击队员告诉侦察员的。游击队的两个人来到了这里。

参 谋 长：我和他们谈过话。

欧格涅夫：队伍大吗？

参 谋 长：50个人。

欧格涅夫：本地人吗？

参 谋 长：是的。

欧格涅夫：熟悉路吗？

参 谋 长：很熟悉。给了很重要的情报。原来是德国人从河边到柯洛柯尔车站铺了一条新路。（指自己的地图）就是这条。他们逼

---

① 德国法西斯军队名称之一，或译做党卫军。

着老百姓日夜赶修的。在这条路上冻死的和被枪毙的有 3000 多人。

欧格涅夫：它离我们这里有 30 公里。

参 谋 长：是。建筑了巩固的桥梁，路上没有行动。大概是恐怕我们的空中侦察发现它。

欧格涅夫：这就对了，还有呢？

斯维秩卡：我都说了，军长同志。侦察员发现敌人部队 11 点 20 分在这里，12 点在"康莫那尔"国营农场。完毕。

参 谋 长：刚才雅科文科师长报告，据侦察员的判断，敌人从柯洛柯尔车站向我们的走廊运动。

欧格涅夫：多少人？

参 谋 长：一个师和 70 辆坦克。

欧将涅夫：在哪儿？

参 谋 长：在这里。（指地图）在 15 点 40 分的时候。

欧格涅夫：现在是 16 点。

参 谋 长：是的。完毕。

欧格涅夫：（向斯维秩卡）你们那个村庄一带现在情形怎样？

斯维秩卡：平静。敌人是非常虚弱的。假如你下命令，我可以冲过去，一直冲到河边。

欧格涅夫：不，老兄，他们就希望我们这样做。你们已经离开这样远了，到晚上敌人的坦克可能往你那边攻来的，而你们的阵地坏极了。我命令你立刻回到这小地方去，现在我们把所有的力量都要集中在一块。用炮火和飞机好好掩护退却，使得你们的尾巴不致受损伤。19点来报告执行命令的情况。去执行吧！

斯维秩卡：是，军长同志。但是3个钟头难于调动一师人，请计算一下距离，公里有……

欧格涅夫：（打断他）你给我计算多少公里做什么？现在应该计算多少秒钟。不在19点，而在18点30分来报告。但是假如你还在我面前站半分钟，那么，报告的时间是……

斯维秩卡：是，18点30分来报告。（赶快跑下。）

欧格涅夫：（看地图，用两脚规量着，记下来）好……我见识见识你们的步伐……哼，这些德国强盗……

参 谋 长：想的狡猾呵。

欧格涅夫：谁？

参 谋 长：德军统帅部。你看，他们怎么运动的，非常狡猾。

欧格涅夫：这有什么狡猾？这是小孩子的玩意儿，而不是诡计。假如德军统帅部犯了像我们前线总指挥一样的错误，那我前天就可以消灭比我们多3倍兵力的敌人了。他们什么诡计也没有想出来。相反的，他们不会利用我们的傻处，太不会了。戈尔洛夫的战略现在有什么价值？坦克军团陷在这些老路上的什么地方，可是德国人修了新路，谁也不知道有这件事。他说，没有坦克，可是就有，它们毫不客气地和步兵一块向我们冲来。利用戈尔洛夫在睡觉的机会，用一部分最弱的兵力关住了我们的走廊。现在，一定在预演着明天早上怎样叫得更响些："俄罗斯人，投降吧，你们被包围了。"但是我们会回敬他们的。（看地图，略静场）不要在窗子下面走，不要用脚后跟敲，滚你的蛋吧[①]……

科　罗　斯：可也不见得一定回敬得了。

[①] 最后三句是俄国民歌。

欧格涅夫：一定这样回敬。(在地图上作记号，写下来)对不对，阿尔利克？

阿尔利克：应该是这样的。军长同志，一定要这样。

欧格涅夫：就因为你的健康的和理智的乐观主义，所以我喜欢你，教授同志，你们看吧，朋友们。他们把柯洛柯尔守军调开了，为的是想引诱我们去打，好捉我们，一部分坦克向我们开过来，另一部分和我们坦克军团在路上远远的什么地方周旋着。现在正如同苏沃罗夫老头所讲的，一切在于脚，在于脚，在于迅速的转移，跳到德国人完全料想不到的地方去。我们在这小地方留下两团人，所有的炮，重一点的，四个骑兵连，为了做做样子。请吧，德国人，我们的队伍站着，等着你们用钳子来拔。大学教授，我们请你和近卫师战士一道：在这个适合的高处，只要支持住一个昼夜，其余的人和你的一些马，刚一天黑，就移到这里来，到这条新路上，于是尽你们所有吃娘奶的力气飞快地前进，一直到柯洛柯尔的后门。我们一占领那里的时候，他们的坦克就非得赶快往回移动不可,但是已经迟了。汽油、军火和各种粮食的仓库——落到了我们手里。我们要在他们自己的工事里打他们。请看一看并批评批评。(略静场)咳,老头,怎么发愁起来了?

科罗斯:(看地图)军长同志,这太冒险了,让我想想。

欧格涅夫:在我们队伍的前头,有两个勇敢善战的骑兵连。不声不响地搞掉敌人的岗哨。为了非常雅致和慎重起见,给他们穿上德国兵的制服,俘虏们的这些宝贝,我们搞的不少。

阿尔利克:换上德国人的军服——有失我们的体面,只有德国人才这样做,换上我们的军服,这个方法实在很不光明正大。

欧格涅夫:但是我觉得,我们做的蠢,我们这样光明正大地和最不光明正大的敌人打仗。他们欺骗我们,而我们不回敬他们。苏沃罗夫教我们:兵不厌诈,可是我们的某些土生土长的军人忘记了这点。应当用狡诈回答狡诈。

科 罗 斯：（离开地图，向参谋长）你认为怎样？

参 谋 长：别的出路没有。

欧格涅夫：哎，你得了吧。我提议实行这个作战计划，不是因为没有别的出路。

参 谋 长：我说得不恰当，这是现在所能想出的比较好的计划。

科 罗 斯：但是非常冒险，假如他们猜出来我们这一着呢。

欧格涅夫：所以对什么人也不告诉我们往哪儿去。现在我们最可怕的敌人——是间谍和嘴不紧、喜欢吹的人。而他们是到处都有的，甚至在我们军里。

科 罗 斯：呶？

欧格涅夫：一定有。德国人对于这一手是非常厉害的。

参 谋 长：应该打个密电去问一问前线总指挥。

欧格涅夫：不。

科 罗 斯：为什么？

欧格涅夫：又会给我"纠正脑筋"的，那么一来，我们会放过时间。

阿尔利克：这样有些不便吧，军长同志。

欧格涅夫：我知道，但是为了这些"不便"，我快要发疯了。够了！在这件事上戈尔洛夫害的我们太苦了。让我们自己光荣地救出自己来吧，这样对于他也会有好处的。写命令吧，参谋长同志。第一点……

［通信联络主任上尉上。

上　　尉：前线总指挥来的密电。（递交。下。）

欧格涅夫：（读，掷到桌上，他手里的铅笔裂碎作响，断了的掉到桌上。阿尔利克走拢来，沉默地读着。欧格涅夫迅速地离开桌子，走到房门处，站住望着科罗斯。大声地喊）喂，你怎么说？（科罗斯不做声）你们怎么讲？（静场）说啊。（从参谋长手里夺去密码电报）这是什么话？

科罗斯：前线总指挥提议立即退到出发的阵地来。不错，他问，你有没有不赞成的意见，但这是做样子的。过一小时，提议就成了命令。

欧格涅夫：我不是问的这个，读电报，我自己会的。

科罗斯：命令总归是命令，应当突围向后撤退。

欧格涅夫：这，自然。但是，第一，这还不是命令，而是提议。第二，它实质上不对，而且是可以使全军覆灭的。突围？为什么？

坦克军团现在在哪里？他说把它搞零乱了，无法帮助。这不是实话，坦克军团完蛋了。现在看来，我的这一军也会搞垮的。

科 罗 斯：我们能突围的。

参 谋 长：前线总指挥想挽救现在的局势，因此决定，比较好的出路——是退却。

欧格涅夫：见他的鬼！决不能退！老鸦已经飞开了①。他派我们前进的，没有成功，现在又叫我们无论如何要后退。难道就没有别的路了吗？我用战士们的血突破了德国人的防线，不是为了突围后退呀。我这一军要生存，要打，要得到胜利。我们能，也一定要做到这一点。

〔上尉上。

上　　尉：前线军分会委员盖达尔从莫斯科来的密电。（递交。）

欧格涅夫：（读着，由于高兴，完全变了样子。）这才妙咧。这是说，世界上还是有真理的。莫斯科准许我们照我们的计划行动，就是进

---

① 俄国俗语，意思是，它们闻到死尸的臭味了。

攻，不要管前线总指挥的计划。

科罗斯：真的吗，啊？

欧格涅夫：看你的"真的吗，呵"。我曾经请盖达尔同志在莫斯科把我们的计划和前线总指挥的计划一块报告上去。现在盖达尔同志来的电报说，莫斯科批准了我们的计划，关于这点已经通知了前线总指挥。

科罗斯：（高兴地）这才好啦！呶，现在就行动起来，把德国人打个落花流水，打他个热火朝天。

欧格涅夫：对啦，老头子。

第四场

〔路旁是战壕。右边不远看得见乡村，一些白的树尖，稀落的房子，但最多的是黑黑的、被烧毁了的废墟，上面耸着烟囱。战壕附近路上有一根柱子，上面钉着用德文写的指路牌。村子的那一方听得见大炮响和远远的机关枪声。在战壕里坐着上士亚斯塔平科，中士巴史雷可夫和下士沙雅美托夫、果美楼里。在各个战壕里，架着反坦克的武器。

果美楼里：哎呀，今天真冷。有零下 35℃ 吧？

亚斯塔平科：也许，有。

沙雅美托夫：冷倒没有什么，过堂风——可不好受。吹得像在我们哈萨克的原野上一样。

巴史雷可夫：在我们西伯利亚那样的冷……

亚斯塔平科：在我们波尔塔瓦地方的面疙瘩汤。

巴史雷可夫：你不要打断我的话，亚斯塔平科。

亚斯塔平科：你不用夸你们西伯利亚的冷了，现在，这里，从肚脐眼儿到肠子都冷透了。果美楼里，你说说，在你们格鲁吉亚现在怎么样。

果美楼里：嗐，别提了。（听炮响）那边有事，我们为什么在这里呆着？

沙雅美托夫：命令就是如此，连长是知道的。

亚斯塔平科：你们来说说，伙计们，为什么我们报纸上说，冬天帮助了我们，天气愈冷，德国人愈倒霉……

果美楼里：说的对呀。

亚斯塔平科：对什么？德国人，弗里茨[①]坐在房子

---

① 德国人多用这个名字，有时只说这名字就知道是说德国人。

里，墙上挖个窟窿，放枪，但是我们在雪地里爬。

巴史雷可夫：假如我们把他们从村子里赶出去的时候，弗里茨还不是只好受冻？

亚斯塔平科：他为什么会挨冻？我们把他赶出这个村子，他会跑到那个村子。谁乱跑乱窜，谁就总是暖和的。

果美楼里：但是你看见了，他们身上有多少虱子。哎呀！我实在不能看。看了简直要呕吐。每个德国人总有好几百。

亚斯塔平科：这不是因为冷来的。

果美楼里：那因为什么来的呢？

亚斯塔平科：由于忧愁来的。

巴史雷可夫：啖？

沙雅美托夫：不懂。

亚斯塔平科：我们村子里有过一个富农，是个很厉害的家伙。他叫马可戈宁科。常常穿得干干净净的，挺着个大肚皮，胡子是黑的，梳得像丝一样，简直在太阳下面发光。当他听见说，农庄要集体化，他的事不大妙，这可把他急坏了。我碰见了他。一看胡子全白了。我问："马可戈宁

第二幕

科老伯,为什么你的胡子白了?"他回答说:"年轻人,这是我的胡子里长了小虫儿啦。""你为什么不赶走它呢?"他说:"让它活下去吧。我心里忧愁得很,年轻人,我是这样忧愁的,很快就会死去的呀。"现在弗里茨德国人也是这样。他想在秋天以前征服我们,没有成功。雨季来了。弗里茨陷到泥坑里去了。于是开始忧愁起来。冬天一到,他更加着急。他现在和那个马可戈宁科一样,也不赶掉虱子,因为他看得出,他的事情不大妙。这都是因为忧愁呀。

巴史雷可夫:各就各位。

[都卧下了。汽车响。师长斯维秩卡上校和团长雅斯内伊少校上。

雅斯内伊:配给了这个炮兵连一个机关枪排,手榴弹都按规定发给了。

斯维秩卡:好。

雅斯内伊:师长同志,我不懂,为什么我们要退?

斯维秩卡:我们冲出来很远了,军长决定把大家聚拢一些。

雅斯内伊:明白了。(喊)戈尔洛夫!

[听见回答:"有!"炮兵连长谢尔洁伊·戈尔洛夫上。

谢尔洁伊:近卫炮兵连长戈尔洛夫中尉。
斯维秩卡:你好。(握手)看见你父亲了么?
谢尔洁伊:看见了,叫我问候你哩。
斯维秩卡:谢谢,中将的脸色怎么样?健康吧?
谢尔洁伊:是的。他说了:致意近卫上校斯维秩卡,我很快就会来看老朋友的。
斯维秩卡:好的是没有忘记,但是他上我们这里来的道路不大好走。(笑)戈尔洛夫,你这一连留在这里。应该叮嘱你:这条路上不仅是坦克,就是连一个耗子也不许爬过来。懂得么?
谢尔洁伊:是,是。
斯维秩卡:不论发生什么事,在没有命令之前,要留在这地方,甚至,假如……
谢尔洁伊:一定执行。
斯维秩卡:戈尔洛夫近卫中尉,祝你成功。
谢尔洁伊:谢谢,近卫上校同志。
[斯维秩卡下。
雅斯内伊:(低声)谢柳沙。
谢尔洁伊:您放心,波得·彼得洛维奇,在等着你哩。

［雅斯内伊下，谢尔洁伊走近战壕。

谢尔洁伊：喂，怎么样，圣徒们？热吗？

亚斯塔平科：是呀，近卫中尉同志，出汗了。热得口渴得很。

谢尔洁伊：你，亚斯塔平科，一辈子总口渴。

亚斯塔平科：但是从来没有像今天这样口渴。救一救我，我一辈子也不会忘记你的。

谢尔洁伊：鬼东西。（解下行军水壶）拿去，只是要和大家平分啊。

亚斯塔平科：我们感谢之至。（从口袋里取出杯子，倒一杯）祝你健康。

谢尔洁伊：灌吧，灌吧。

亚斯塔平科：（喝完了）就像是茶。

谢尔洁伊：见你的鬼。这是纯粹的酒精呀。

亚斯塔平科：真的么？马上检查检查。（倒酒）

果美楼里：慢点，慢点。（夺去酒杯）我来检查。

亚斯塔平科：这你懂得什么？你喝惯了那种酸酸的[1]。

果美楼里：你放心。（举起酒杯）这里，在雪地里，在战壕里，我举起这个小杯子，怀着大

---

[1] 指葡萄酒。格鲁吉亚的各种葡萄酒最有名。

的感情，祝我们在战争之后，在我们那太阳很多的卡赫梯①相见。我的母亲维丽科，父亲伯索，和我的老婆塔玛拉，会像亲人一样接待你们的。祝战后重逢——干杯！（喝。）

亚斯塔平科：请你们先到我们波尔塔瓦去。自然，也许我的母亲、父亲、老婆阿克桑娜和儿子已经给德国人杀了。（略静场）那，有什么办法，我自己招待……

沙雅美托夫：没有什么，亚斯塔平科，我上你那里去。我自己做羊肉"波罗"②饭。我们做一顿这样好的波罗饭……然后往我们哈萨克斯坦去……

谢尔洁伊：把水壶给我。（拿到了）倒干净了么？

巴史雷可夫：像近卫师战士那样喝的。

谢尔洁伊：现在，圣徒们注意。这条路上一个德国混蛋也不许通过。

亚斯塔平科：似乎没有必要还来嘱附我们，连长同志。

---

① 格鲁吉亚东部的一区，气候温和，以产酒著名。

② 中亚西亚地方人民所吃的饭食，将羊肉和大米放在一个盘子里煮。

谢尔洁伊：瞧着吧。果美楼里，假如你再不穿毡靴跑……我看见为，你昨天赤着脚在雪里走。

果美楼里：对不起，连长同志，我忍不住呵。我是个神经质的人，我的心很容易受刺激。是怎么回事呢？坦克我们打了。坦克队长跑了。我们的子弹完了。我气坏了，说："上士同志，允许我追上去。"但是亚斯塔平科说："你赶不上。"你知道么，他这是对我，对一个格鲁吉亚人说的，格鲁吉亚人赶不上？自然，心里就忍不住了。我自己也不记得，两只手怎么样脱下了毡靴。一阵风似的跑去了。扑到德国人身上，都跌倒在雪里了。他咬我的耳朵，我就扼住他的脖子。我喊："你跑不掉。"就彻底地把他扼死了。

谢尔洁伊：好本领。但是离开亚斯塔平科，你没有权利。去追一个人，可就会放过坦克的。

亚斯塔平科：你放心，我现在把他，这家伙，拴到我身上。

谢尔洁伊：晚上，假如平静无事，到我那里喝茶去。

全　　体：谢谢，连长同志。

[谢尔洁伊下,静场许久。

果美楼里:你想什么呢,亚斯塔平科?

巴史雷可夫:不要打搅他。

沙雅美托夫:(小声)想老婆阿克桑娜吗,呵?你说。

亚斯塔平科:是呵,念一念那封信,果美楼里。

果美楼里:哪一封信?

亚斯塔平科:最近的那一封,过新年的时候收到的。

果美楼里:我已经给你念过了。

亚斯塔平科:再念一遍。谁也不会给我写信的。听一听你的,心里也轻松一点。

沙雅美托夫:念吧。我也一封信都没有收到。巴史雷可夫,你看着一下,我们来听念信。你收到过信吗?

巴史雷可夫:一共也只收到过两封。(离开去,瞭望。)

亚斯塔平科:开始念吧。

果美楼里:(取出信,念得快。)"我的宝贵的、心爱的阿卡基,用力地亲你、吻你,告诉你……"

亚斯塔平科:不要太急了。从头来。

沙雅美托夫:请你"开正步走"式的一个字一个字的念。

果美楼里：（慢慢地）"我的——宝贵的——心爱的——阿卡基……"

沙雅美托夫：心爱的……

果美楼里："用力地亲你、吻你、告诉你：爸爸和妈妈都健康，问你的好，你的儿子果加……"

亚斯塔平科：儿子……（头低下，手支着。）

果美楼里："……现在时常说：爸爸、爸爸、卜哈、卜哈。集体农庄上有很多的工作，我们要十分努力才勉强能做得完。为什么一封信也没有写回来？我每天夜里都低声地哭泣……"

亚斯塔平科：每天夜里……

果美楼里："……也许你受了重伤？再告诉你：我们耕种队的队长是一个坏人。你们都上前线去了，他立刻就变成了骗子，和会计一道酗酒。两个都是骗子。我们写了信给报馆，会计已经被捕了，但是队长没有，溜掉了。"溜是溜不掉的。战争完了之后，我要彻底地扼死他。

亚斯塔平科：念吧……

果美楼里："我是多么地想看见你呀。我每夜都梦见你。有一次甚至梦见你长了胡子。宁娜婶婶说,这是你害了病的征兆,我非常害怕。为了你在冬天不至于冻着,我给你织了两双毛袜,在 9 月 25 号就给你寄去。"过五天应该到了。我送一双给你,亚斯塔平科。

亚斯塔平科:为什么过五天?

果美楼里:信,她是去年 9 月 1 号写的。我是 1 月 1 号收到的。9 月 25 号她寄出了包裹,今天是 1 月 20 号。因此再过五天我就能收到了。

沙雅美托夫:念下去吧。

果美楼里:"我、爸爸和妈妈向你所有的同志们问好。我们请你们——快点把法西斯打垮,都上我们这里来玩玩。酒,我们有 10 大桶呢。宁娜婶婶有 5 桶。我、爸爸、妈妈、宁娜婶婶和我们集体农庄全体人员用力地亲你。你的塔玛拉。写于 1941 年 1 月。"

沙雅美托夫:我若是接一封这样的信。不知道,该怎样才好哩。

亚斯塔平科:是呵。

果美楼里：我写了多少信给她，她都没有收到。信很小，分量不重，可是就送不到。

亚斯塔平科：因为在邮政局里有官僚主义者。

沙雅美托夫：我们写个信给斯大林同志去。问问他，为什么我没有收到我老婆一封信？

果美楼里：为这样的事给斯大林去信吗？他操心的事多着哩。

沙雅美托夫：那么，我们写给莫洛托夫同志。

亚斯塔平科：你想，莫洛托夫同志的事情少吗？他和世界各国有那么多的外交要办——呵呵！我们现在有多少朋友——又是英国，又是美国，又是捷克，至少有20国吧。仅仅和友邦来往来往，就得费多少心血。和每一个国家订条约，而条约是要好好地斟酌的。试一试对他们讲，叫他们快点向希特勒进攻吧，可能累成痨病的，这是真的。

沙雅美托夫：那么，给谁写信好呢？

果美楼里：给加里宁。

亚斯塔平科：不行，他病了。因为发那些勋章，他病的很厉害了。

沙雅美托夫：为什么？

亚斯塔平科：由莫斯科来的人这样传说，他每天要发300来个，有时候300个人的勋章，所有的人因为高兴，用力地和他握手，他这样就握病了。手肿起来了。简直是受罪做苦工的事。

沙雅美托夫：那么，我们到底给谁写信呢？

果美楼里：我们联名来写个信给邮政局长。我们这样写：喂，你管什么的？你那里坐着一些官僚主义者，我们请你……

亚斯塔平科：不，不是这样的。要信发生效力，应该马上好好骂他一顿，然后根据理由，又痛骂一番，信的末尾这样写：转告你那里的官僚主义者们，我们在战壕里的日子，也和你们那里过的一样。敬礼，官僚主义者们，舐一舐我们的什么地方①……这样，又文雅，又明白。

〔所有的人都哈哈大笑了。两个战士拉着电线，在战壕里安装电话。

巴史雷可夫：怎么，伙计们，中尉会到这里来吗？

---

① 末尾几句是押韵的，用古代哥萨克写给土耳其皇帝的信中语"请你舐一舐我们的屁股"的典故。

战 士 甲：是呀。

巴史雷可夫：炮不是在那边吗？

战 士 乙：有命令，叫移到开阔的阵地来。看，那不是在推嘛。

亚斯塔平科：我们连长就是这样的，不喜欢从角角上放冷枪。没有看见厨房吗？

战 士 甲：没有，都走了。

巴史雷可夫：怎么？走了很久了吗？

战 士 甲：就是刚才。只剩下我们了。

果美楼里：究竟移到哪里去了呢？

战 士 乙：就是往那边。（指着）

巴史雷可夫：那是往后退。

战 士 甲：哼，把我们扔下了。哎哟，弟兄们，看来，我们是要死的。把我们留在死路上了。

亚斯塔平科：果美楼里，打他一个耳光吧。

果美楼里：最好你来打，你的手掌重些。

亚斯塔平科：立正。

战 士 甲：你要干啥？

〔亚斯塔平科一只手抓住战士甲的衣领，另一只手打了他。谢尔洁伊上。

谢尔洁伊：这是怎么回事？

战 士 甲：他打了我。

果美楼里：他是个胆小鬼，说：把我们留在死路上。

谢尔洁伊：不能打人呀。对他解释，告诉他。（向战士甲）姓什么？

战 士 甲：别程卡·斯吉班。

亚斯塔平科：我错了，连长同志。（向战士甲）来，朋友，我给你都解释清楚，来。（亚斯塔平科和战士甲下。）

谢尔洁伊：（打电话）车卡林科……车卡林科，怎么了？你舍不得雪。我从这里看得见黑点儿。（又叫电话）要彼特洛夫……彼特洛夫，小山丘左边，看见吗？一棵树那里。这就好啦……是，是的，可以。（放下电话筒。远处传来战士甲的声音："明白了，哎哟……明白了，哎哟，……哎哟……"）那边什么事？他在做什么？

果美楼里：亚斯塔平科在讲解时事问题，你放心，连长同志。

〔亚斯塔平科先上，战士甲跟着后上。

亚斯塔平科：连长同志。我们真是好好地谈了一回心，他全明白了。好小伙子。他那只是一时的错误。

谢尔洁伊：你说，为什么把我们留在这里？

战 士 甲：若是出现法西斯，我们应该照近卫师战士的精神消灭他。

亚斯塔平科：你看，好小子。

谢尔洁伊：也许是把我们留在这里牺牲的吧？

战 士 甲：绝对不是。谁肯战斗，谁就不会牺牲。

亚斯塔平科：你看……他还能成为一个这样好的近卫战士。呵呵！

谢尔洁伊：我们看吧，稍息。（取电话筒）车长林科……车长林科，再加一点儿雪……对，对……

〔战士甲坐下。亚斯塔平科走近他，拿出烟盒来。

亚斯塔平科：抽烟吧，别程卡。拿吧。（战士甲拿烟。）起初有点儿害怕，以后就没事了。也许，你想吃点儿东西？

战 士 甲：嗯。

亚斯塔平科：拿去。（给他一个卷卷）这是一节香肠。你不要生我的气，老弟，我对你并没有什么。这都是为了思想问题，明白了吗？为了科学。我的父亲可不是这样打我的，嘿！那才凶哩。但是我还是感激他。

战 士 甲：但是你不生我的气吗？

亚斯塔平科：你既然承认了错误，那就不生气了。

战 士 甲：握手。

亚斯塔平科：（伸出手来握了）好了，现在我心里也轻松些。你想，去打仗的时候，不知道在我旁边的是什么人，朋友呢，还是混蛋？会出什么事，我能不着急吗？老弟，这是经常要搞清楚的……你，年纪轻。记住这个吧。眼睛要放亮一些。懂得了么？

战 士 甲：懂得了。

谢尔洁伊：（看望远镜）告诉连上——我看见右边，在风车那里，有敌人的坦克。没有命令不许开炮。

战 士 乙：有。（打电话，传达。大家各就各位）

谢尔洁伊：喂，弟兄们，现在是大显身手的时候了。亚斯塔平科！

亚斯塔平科：有，亚斯塔平科。

谢尔洁伊：往左边路上移动，爬到电线杆那里去。

亚斯塔平科：有，进到电线杆那里去。果美楼里，前进。（都爬去了。）

谢尔洁伊：（看望远镜）传给机关枪排——在坦克上有步兵。

战　士　乙：有，传机关枪排，坦克上有步兵。（传达。）

谢尔洁伊：来了。呵呀。（瞭望。）

巴史雷可夫：很多吗？

谢尔洁伊：够多的。

沙雅美托夫：现在我也看得见了。1，2，3……

巴史雷可夫：多少？

沙雅美托夫：（数）35，36……

谢尔洁伊：巴史雷可夫。

巴史雷可夫：有，巴史雷可夫。

谢尔洁伊：一直前进，100米，快爬。

巴史雷可夫：有，沙雅美托夫，前进。（都爬上去了。）

〔战士甲准备手榴弹，搁到身旁，从袋子里掏出一个，又一个。

谢尔洁伊：这就对啦。（笑）你简直背了一仓库来了。

战　士　甲：以防万一嘛，连长同志。

谢尔洁伊：别程卡，看仔细些，不要只看前面，也要看周围。

战　士　甲：是，连长同志。我已经看见：有人往我们这里爬。

谢尔洁伊：这是女护士。快点儿，来。（又用望远镜看。)

战 士 甲：来，护士，来吧……拖着雪车哩，到了。

［护士玛露霞拉着雪车爬到战壕里来。

玛 露 霞：唉，好热呵。

战 士 甲：玛露霞，你怎样爬到这儿来了？有谁在连上呢？

玛 露 霞：卡珈在那里，我就在这儿，也许会有什么事哩。

谢尔洁伊：（取电话筒）别特林科……别特林科，你预备好榴霰弹，在坦克上有自动枪手。

［隐约地听见摩托响声。

玛 露 霞：来的可多哩……

战 士 甲：不要怕，护士，我们能打垮他。

玛 露 霞：我自己知道。近卫中尉戈尔洛夫同志老是打胜仗的。他有这样好的炮手……瓦西亚·索科尔你认识吗？

战 士 甲：他是什么样子？

玛 露 霞：这样子……眼睛碧蓝、碧蓝的，眉毛乌黑的。是这样的，和翅膀一样，嘿……整个近卫师里没有这个样子的……卡珈，现在一定到他那里吊膀子去了。不过他对她一点也不注意。卡珈的头发是棕红

　　　　　　色的，脸上又有雀斑点。我们同过事。我是通信员，她是扫地的。到前线也是一道来的。你看见过她么？

战　士　甲：小声点，已经来了。

玛　露　霞：管他的，还远哩。瓦西亚今天对我说，玛露霞，就是100辆坦克，我都能打。我亲了他一下，他于是说，现在就1000辆也不怕。你看他多么勇敢。胆子真大。你没有看见过卡珈吧？什么也没有失掉。瓦西亚昨天对我这样说她："玛露霞，你知道，卡珈自然很不漂亮，但是信写得很美。"我就对他说："那算什么，瓦西亚，也许她有一本尺牍大全呢……"（摩托声响很近了。）

谢尔洁伊：（打电话）向坦克开炮，直线，快放。

玛　露　霞：呔，混蛋，冲来了，瓦西亚，打呀。（听见排炮齐发，然后密放。）看，烧着了。一个、两个、三个。这是瓦西亚·索科尔。这一定是他。（转身，用手送吻，两边机关枪响。）

谢尔洁伊：（打电话）火力大一点，大一点。不要疏忽了，鬼东西。车卡林科，用榴霰弹打第三个。(听得见近处的坦克。)

战 士 甲：坦克开到我们这里来了，连长同志。

谢尔洁伊：各就各位。(打电话)用榴霰弹打第三个，快。

战 士 甲：停下了，在烧着。第二辆又停下了……。

谢尔洁伊：亚斯塔平科真行。(听见喊："救护员……救护员。")

玛 露 霞：来啦，亲爱的。(带着雪车爬去了)(另一个声音："救护员……救护员……")

战 士 甲：打了9辆。

谢尔洁伊：11辆！(炮弹啸声)玛露霞，躺下。(近处爆炸。)

战 士 甲：哎呀，打死她了。

谢尔洁伊：(看)没有。在爬哩。(听见另一个声音："救护员……救护员……")

战 士 甲：左边10辆坦克。

谢尔洁伊：(对电话筒)大路右边10辆，迂回过来了。车卡林科，对准坦克开火，快放。

战 士 甲：转回去了，退了，跑了。

谢尔洁伊：马上会回来的。(向电话)车卡林科，那边怎么样？什么？准备好吧，马上会迂回过来的。马上掉转过来……我防御

第二幕

得很好。不要向这里射击。特别注意机关枪排。好好打……对……（玛露霞爬上来。）

玛露霞：连长同志，下士沙雅美托夫和上士亚斯塔平科阵亡了。这是他们的证件。（交出。）

〔谢尔洁伊拿了些小本子，打开，从一个本子里掉下一块纸来，战士甲拾起。

战士甲：（念）"请不要拒绝，吸收我加入列宁、斯大林的党。假如被打死了，一定请算做——共产党员阵亡。打死法西斯。近卫上士亚斯塔平科。"（静场）朋友……朋友，你这是怎么了……（擦眼泪）这样一下子就不是活的了……

谢尔洁伊：不要哭，小弟弟。为了这样的事是不哭的……（摩托响声近了。）

战士甲：（看那一边）我给你们这些混蛋一点儿厉害看看，来，走近些。（拿起手榴弹。）

谢尔洁伊：（拿起电话筒）路的左边25，右边——31，——路上10辆，只打左边的和右边的，不要等口令。圣徒们，我们是有机会做出奇迹来的。为祖国，好汉们！

传达给大家。（放下电话筒）别程卡，拿起手榴弹，爬到那里，到果美楼里那边去。快。

战 士 甲：是，连长同志。（拿了手榴弹，爬去。）

谢尔洁伊：（取出手榴弹）玛露霞，坐在这里。（向战士乙）有手榴弹吗？

战 士 乙：（手榴弹）有。

谢尔洁伊：我到巴史雷可夫那里去。支持着吧，伙计们。（爬去。）

玛 露 霞：哼，鬼子们……有你们吃的。听见了连长说吗？为祖国，好汉们！他这是对瓦西亚·索科尔说的。

战 士 乙：哪一个瓦西亚？

玛 露 霞：你是补充兵，新来的，你不知道。我告诉你。瓦西亚的眼睛碧蓝、碧蓝的……是那样子的，眉毛像飞鸟一样，是全近卫师的第一个炮手。好汉。典型的好汉。一下子谁都能看得出来。（摩托的响声更大了，射击在继续着。）

战 士 乙：看那里，连长……

玛 露 霞：他们包围他……（喊）巴史雷可夫，巴史雷可夫！嘿。一辆停下来了。又向他们

第二幕

冲来。带手榴弹跑去帮助他呀。连长被包围了。跑上去呵。

战 士 乙：哎呀，我不行了，我们完蛋了。

玛 露 霞：混蛋，拿手榴弹来。（夺去手榴弹）打电话告诉瓦西亚说……（拿着几个手榴弹跑去了。战士乙看着她的背影，用两只手抱着头下到战壕里去。响声更大了。机关枪响得很凶。远远地听见玛露霞的声音："瓦西亚……瓦西亚"……爆炸。一声，两声。）

幕落

第三幕

第五场

[早晨。前线总指挥的办公室。副官上。把盛有凉开水的玻璃瓶放到桌上,取出几支铅笔来削。通过打开的门,看得见特派记者客里空。

客 里 空:(走到门口)你想得怎么样,总指挥快来了吧?

副　　官:不知道。他在电报室坐了一整夜。从那里要回家去。他也该睡一睡啦。

客 里 空:也许,会到这儿来一下的吧?

副　　官:一切都可能,你等一等吧。

客 里 空:唉,多么可惜。过半点钟我就要和莫斯科通电话。我应该把关于总指挥的公子英勇牺牲的文章发出去。

副　　官：你发去就是了。

客里空：是这么回事,我的文章的结尾是这样的。你听听。(取出来读)"我亲眼看见他牺牲了。他,这个杰出的青年,真是有其父必有其子,透过炮弹隆隆的轰响,我听见了他最后的壮烈的几句话:转告我父亲,我死去是安心的,我知道,他会向那些血腥的卑鄙者为我报仇的。"你懂得,假如现在加上他父亲的几句话,那该多好。而且我已经拟好了。(读)"老将军知道他的爱子阵亡了,垂下头来,久坐不动。然后抬起头来,他眼睛里没有眼泪。没有,我没有看见!他的眼泪被神圣的复仇的火焰烧干了。他坚决地说:我的孩子,安眠吧,放心吧。我会报仇的。我用老军人的荣誉发誓。"你知道,若是我现在来得及加上这几句,那该多好呀。你知道,这篇文章该多么漂亮。这是所有的报纸都要羡慕,也要嫉妒的。怎么办呢?马上就要和莫斯科通电话了。你看怎么样。能否在电话里和总指挥商量商量?

副　　官：在电话里你怎么能看得见总指挥的眼睛呢？你却描写得那样逼真。

客里空：哎哟，我的天呀，假如我只写我所看见的，那我就不能每天写文章了。我就一辈子也休想这样出名了。报馆编辑部每天要稿子。读者对我也习惯了。没有我客里空的文章，报纸就出不来。所有的报馆都羡幕我们这一家。他们经常向我的主编说："你很幸福。我们情愿拿所有的人，所有的通讯员，换你们的客里空一个。"

副　　官：是的，你写的多，我常常读到。你写得生动。

客里空：怎么办呢？怎么给总指挥打电话？

副　　官：往那边打电话不行。

客里空：（看看表）我一定会耽误的。就这样发出去。我想总指挥不会反对的。你觉得怎样？写得有力吗？对不对？

副　　官：还不错。

客里空：我跑去发啦。敬礼，敬礼。（下）

　　　　　〔布拉戈恩拉沃夫和乌季危节伊上。

布拉戈恩拉沃夫：没有来吗？

副　　官：没有。

布拉戈恩拉沃夫：打了电话，说要来这里的。（坐下，副官下。）

乌季危节内伊：您想想，谁能料得到，我们损失了坦克军团？可是所有的情报都说是……

布拉戈恩拉沃夫：不要说了。什么情报？我们从来没有过确实的情报。这是我们的不幸。

乌季危节内伊：照您说，我们这里的侦察情报工作一般是不存在的。

布拉戈恩拉沃夫：假如说句老实话，在我们前线就没有它。前头的部队只看见在第一个土丘前面敌人的动作，而在土丘的后面怎样——那就多半是猜想的。假如不是飞机，我们什么也不会知道。但是飞机也不能通通侦察到呵，何况飞行侦察来的情报本身，就需要用别的情报来对照一下，才能证实的。

乌季危节内伊：我不同意你说的话，甚至觉得奇怪。我每天给您的汇报，给……

布拉戈恩拉沃夫：（打断他）但是我下了决心不读它。够了！应该采用最严肃、认真的办法了，不然，会审判我们和你的。确实的情报——这常常是50%的成功，有时甚至是100%。只有傻瓜才不懂得这个。而我们却是瞎子。可耻。

乌季危节内伊：奇怪。这样说来，我们是……

布拉戈恩拉沃夫：是的，是的。傻瓜。我傻——因为和你在一起工作。你呢——天生的这样一个怪物……

乌季危节内伊：参谋长同志，总指挥对我的工作是另外一种评价。他知道我多年了。我提出抗议。再说，我终究是得过勋章的……

布拉戈恩拉沃夫：我知道，总指挥是怎样看你的。至于你得了勋章——这只是一种误会，莫名其妙。

乌季危节内伊：哼，照您说，政府发给我勋章是错了。

布拉戈恩拉沃夫：是的，一错再错。第一给了你勋章。第二——我们的工作这样糟，到现在还没有把我的和你的勋章褫去，把它捶碎，登报。（下）

乌季危节内伊来：（取出笔记本，记下）政府搞错了。政府一错再错了……我们侦察情报工作不好。他还说了什么？哼。（略停）叫我做傻瓜。明白了。这种情绪很明显是典型的失败主义。等着吧。你还会感觉到，我是什么样的情报工作者。（拿起电话筒）叫伊凡诺夫。伊凡诺夫，我是乌季危节内伊。你们什么时候党委开会？今天？很好。我有一个小问题，要审查一件事儿。喂，你不记得在履历表上布拉戈恩拉沃夫填的是什么家庭。什么出身？呵，牧师的儿子。明白啦……是，对。完了。我来。（放下电话筒。）

〔戈尔洛夫上。

乌季危节内伊：您好，总指挥同志。

戈尔洛夫：好。呸，头都要裂了。一夜都没有睡。

乌季危节内伊：那怎么可以，伊凡·伊凡诺维奇。你的健康对于国家是重要的。

戈尔洛夫：没有什么。你手里是什么东西？

乌季危节内伊：这个。（交他一纸。）

戈尔洛夫：好。待一会儿我再看。

乌季危节内伊：伊凡·伊凡诺维奇，布拉戈恩拉沃夫的情绪不大好呀。

戈尔洛夫：什么事？

乌季危节内伊：对所有的人，对什么都不满意。有失败主义的气味。他说……

戈尔洛夫：（打断他）理他。你知道，这是些什么人。总指挥做好了一件事，他们马上沾他的光。趾高气扬，得到勋章。但是稍微有一点风头不对的时候，就躲起来了，怕担责任。我看透了他们的灵魂，他们的心。而一切都由于一项：手掌上没有硬茧，他们从哪里受到锻炼麻。

乌季危节内伊：真理，神圣的真理。就说我吧，在工厂里虽然做过工没有多久，只三年零两个星期，但是简直自己都不明白，这给我的无产阶级的内心意识，就是一辈子都够用了。看别的人——文化也有，大学也毕业了，可是仔细观察观察——总不是那样的，不，不典型……

戈尔洛夫：很明显。表面上有文化，但骨子里基本的东西没有。所以就不成其为那样的。

[布拉戈恩拉沃夫上，乌季危节内伊下。

布拉戈恩拉沃夫：请看一看。（交他一张纸）假如没有要修改的，我马上拿去拍了。莫斯科打来了第二次电话，要详细的报告。

戈尔洛夫：（看着）嗯。好。这样……那就不对了。
（用铅笔标出。）

布拉戈恩拉沃夫：（看着）为什么？

戈尔沃夫：你怎么，从天上掉下来的么？谁是我们坦克军团长？傻瓜，所以他就牺牲了。这是应该公平地写上的。

布拉戈恩拉沃夫：我却还是想……

戈尔洛夫：（打断布拉戈恩拉沃夫的话）你怎么想，现在对我没有兴趣。要照我的意思做。（往下读）我……这又是什么一种新发明？你怎么把欧格涅夫一下子抬得像亚历山大·马其顿大王[①]一样高，而那只旧胶皮套鞋就像是苏沃罗夫？

布拉戈恩拉沃夫：那里面没有这样说。但是他们的仗打得非常漂亮。柯洛柯尔被攻下来了。

戈尔洛夫：他们是谁，把我们又放在哪里？他们是照谁的命令作战的？

---

① 古马其顿国王亚历山大（公元前356—前323年）是一个雄才大略的著名军事家，曾征服希腊、埃及、波斯，直到印度，使希腊文化与东方文化交流，商业发达。亚历山大33岁即死，马其顿国随即瓦解。该地现分属希腊，南斯拉夫与保加利亚诸国。

布拉戈恩拉沃夫：他们正是违反您最近一次的作战计划，照自己的计划行动，得到了莫斯科的同意的。

戈尔洛夫：这个我还要问问呢。我就是为了这个，才叫他们来的。抹煞前线总指挥部，我是不能允许的。也用不着使青年放纵起来。欧格涅夫已经是提拔得太快了。这样一来，会完全断送了他的。不行。（划掉了）请改写一下，过一小时给我拿来。

布拉戈恩拉沃夫：总指挥同志，对不起，我再不能跟你工作了。（激动地）我请你撤我的职。我这样决定是因为……

戈尔洛夫：（打断他）等一等，等一等。船还没有沉，也不打算沉下去。可是你，耗子一样，就已经要逃走了。不行的，老弟。我先脱下你的裤子，然后剥你的皮，然后，也许，赶你走。

布拉戈恩拉沃夫：总指挥同志。

戈尔洛夫：够了！完了！去，执行命令。

布拉戈恩拉沃夫：我……我……我不能。

戈尔洛夫：你不用结结巴巴的，说惯了，你一辈子都会口吃的。你知道我的脾气。我不懂

第三幕

得什么心理学。

［布拉戈恩拉沃夫下。副官上。

副　　官：欧格涅夫少将和科罗斯少将遵您的命来到了。

戈尔洛夫：让他们坐在那里等着。

副　　官：是。（下）

戈尔洛夫：（拿起电话筒）叫赫利朋。赫利朋吗？喂，快些滚来，和我一块吃早饭……白兰地？带来吧。（放下电话筒）

［米朗上。

米　　朗：你好，伊凡。你怎么在电报室坐了一夜呢？

戈尔洛夫：是啊。你就走吗？

米　　朗：飞机准备好了。马上就上飞机场。再不能等天气了。听天由命吧。

戈尔洛夫：今天似乎天气好一些。

米　　朗：勉强总可以飞到。我真没有想到，这次动身走的时候会是这样悲惨的。

戈尔洛夫：是呵，我是疼爱谢尔洁伊的。

［静场许久。

米　　朗：他是多么朝气勃勃的呵。我简直不能想象。料想不到……

戈尔洛夫：又有什么法子呢？战争就是战争呵。

米　　朗：我懂得，伊凡，你是多么难过的……我不知道，我们能不能很快见面，也许……因此，我下决心在临别的时候……请原谅我。我想对你说几句不愉快的，但是正直的话。我应该这样做。

戈尔洛夫：说吧，说。

米　　朗：你知道，哥哥，不要欺骗自己和国家。你不会，也不能指挥前线。这不是你担当得起的，时间不同了。在内战的时候，你打仗差不多没有大炮，可敌人也没有多少炮；那时候打仗没有飞机，没有坦克，没有优良的技术，这些现在都有，就应该懂得它像懂得自己的五个手指头一样……但是你懂得少，或者甚至于完全不懂得。你自己下台吧。你要了解。我们日夜不停地为前线制造飞机，世界上最好的飞机。为的是什么呢？为的是由于你的不会用，由于你落后，把一大半飞机给损失了……我回到厂里去的时候，我对工人们怎么说？对工程师们怎么说？他们从开战的那一天起，就没有从工厂里出来过。他们是英雄。和战士们在火线上是一样的。我不能瞒着他们,他们的宝贵的劳动,我们优越的技术,在前方你不会用,你没有这种知识。你觉悟吧,伊凡,现在还不晚。不然,会把你撤职的。

戈尔洛夫:(打断他)等一等。(按电铃,副官上。)

副　　官:总指挥同志。

戈尔洛夫:这位公民马上到飞机场去。送他上汽车。

副　　官:是,总指挥同志。(向米朗)请您走吧。

〔静场许久。

米　　朗:不要替我担心。自己的路,我很熟悉。你留在总指挥这里吧。我想,很快就会要送他自己走的。(下)

副　　官:报告总指挥同志。

戈尔洛夫:呶……

副　　官:欧格涅夫少将请示,或者马上接见他,或者指定另外一个准确的时间。他要换绷带去。

戈尔洛夫:他怎么要换绷带,又碰破头了么?

副　　官:不是,他伤了右手。

戈尔洛夫:叫他们进来。

副　　官：是。(下)

　　　　　[欧格涅夫和科罗斯穿着礼服上。

欧格涅夫：奉命来见。

　　　　　[静场。

戈尔洛夫：我看见了。两个都是伤残吗？

科　罗　斯：受伤的只有欧格涅夫少将，我是健康的。

戈尔洛夫：你们今天怎么打扮得这么漂亮。(向科罗斯)你，一定捻了一整夜的胡子。你们想，我们会庆祝你们，给你们摆酒吗？不，亲爱的，你们想错了。

欧格涅夫：我们早就料想到了，您会说这些话的，总指挥同志。

戈尔洛夫：呃？

科　罗　斯：正是。

戈尔洛夫：那么，坐下吧，亲爱的，我们来谈谈心吧。(欧格涅夫和科罗斯坐下)跟谁开头呢？只好跟你，欧格涅夫，你的伤量重些，你应该负的责任也多些。呃？(略静静)为什么不做声！

欧格涅夫：等您提问题。

戈尔洛夫：等什么。你说说，为什么没有实现我的作战计划？

欧格涅夫：我们照自己的计划做了，得到了莫斯科的批准。您这是知道的。柯洛柯尔车站收复了，把那群德国人打垮了。可见我们的作战计划是正确的。

戈尔洛夫：照这样说，我在这里是什么人，是前线总指挥不是？（欧格涅夫沉默）喂，欧格涅夫，你想什么，你要我怎么样？

欧格涅夫：一件事——要你再不指挥前线了。

戈尔洛夫：呵哈，你也这样希望吗，我的老朋友？

科罗斯：正是。

戈尔洛夫：现在，小伙子们，我了解你们了。

〔盖达尔上。

戈尔洛夫：来的正好，你好。

盖达尔：你们好。（和大家握手）在莫斯科把我留住了。很高兴（向欧格涅夫和科罗斯）遇见了你们。庆祝你们打了一个漂亮的胜仗。

戈尔洛夫：等一等庆祝吧。

盖达尔：为什么？

戈尔洛夫：你知道，他刚才说的什么吗？

盖达尔：呶？

戈尔洛夫：再说一遍！让军分会委员听听。（静场）

怎么尾巴夹起来了?

欧格涅夫：军分会委员同志，我声明，我们这里没有前线总指挥部。

科 罗 斯：正是！

戈尔洛夫：听见了吗？

〔静场很久。

盖 达 尔：是的。（向欧格涅夫和科罗斯）请出去几分钟，等一等。

欧格涅夫：是。（两人下）

戈尔洛夫：（写字）我给他们瞧瞧……

盖 达 尔：你做什么？

戈尔洛夫：马上写完，你来签署，就会看到的。（写）我纠正他们的脑筋，叫他们一辈子都记得。来，签字吧。

盖 达 尔：（拿起来，不看，撕碎，摔在地下）够了，戈尔洛夫同志，脑筋纠正得够了。是你解除这个繁重的工作，去休息一下的时候了。读一读莫斯科给你撤职的命令吧。（交戈尔洛夫，戈尔洛夫看完。静场许久）你为人是勇敢的，对我们伟大的事业是忠实的。这很好，为了这些，人们尊敬你。但是单凭这点是不能战胜敌人的。

第三幕

要打胜仗,还必须善于照现代的方法作战,善于在现代战争的经验里学习,善于培养新的青年干部,而不是排斥他们。但是可惜这些你都不会。自然,懂得军事,会打仗——这是可以学,而且是有利的事。今天你不会打仗,今天你没有足够的军事知识,明天可以有它们,也会打仗,也有知识,自然,假如有强烈的学习的愿望,在战争经验中学习,自己用功,求进步,发展自己。老的将领们能不能进步成为现代作战方法的好手呢?自然是能做到的,学到的也不会少于青年人所学到的,而且会比青年人学到的多些。只是假如他们愿意在战争经验里学习,假如他们不以为学习和求进步是耻辱。民间的成语说得好:"活到老,学到老。"可是这中间一切的不幸,就在于你们某些老一代的将领们,不想学习,你们自高自大,以为你们已经很有学问的了。这是你的主要缺点,戈尔洛夫同志。

戈尔洛夫:(站起来,静场许久)怎么,这是你告了我，所以把我撤职的吗？

盖 达 尔：可惜，不是。我和你一块工作的，合得来，一同签过名，盖过章，争吵过，但是没有破裂过我们的交情，总而言之，我没有能作为真正的党的领导者。因此，我也受了责备，这，我一辈子也会记得，——责备的对呀。

戈尔洛夫：感谢你的坦白、爽直。没有说的，命令总是命令。我是军人，服从惯了的。看你们没有我将怎样打仗吧。（戴帽子，穿大衣）你们要后悔的，但那就晚了。

盖 达 尔：不要吓唬人。布尔什维克是吓唬不倒的。我们没有不能调换的人。许多人吓唬过我们，但是他们老早就在历史的垃圾堆里休息了。而党和钢一般坚强，巩固。

[略静场。

戈尔洛夫：你命令我交代给谁呢？

盖 达 尔：今天就会知道的，会叫你的。

戈尔洛夫：是。（举手行军礼，从侧门下。）

（电话响，盖达尔拿起电话筒。）

盖 达 尔：喂，怎么回事？你是谁，是客里空？你就是特派新闻记者……等一等。批评我们前线报纸发表了论通讯联络的文章的就是你……你……你听着,和你说话的是前线军分会委员盖达尔。马上滚你的蛋吧,假如明天在我们前线这一带还发现的话,那就会对你不住。(放下电话筒)

〔赫利朋上,手里拿着一个大包卷。

赫 利 朋:欢迎,欢迎,军分会委员同志。总指挥出去了吗?

盖 达 尔:就会来的。(按电铃,副官上。)

副　　官:有。

盖 达 尔:去请前线总指挥欧格涅夫少将和科罗斯少将。

赫 利 朋:你是想说,戈尔洛夫将军吧,你说错了。

盖 达 尔:我没有错。执行命令吧。

副　　官:是。(下)

赫 利 朋:这是怎么回事?(包卷从手里掉下来,发出打破瓶子的响声。)

盖 达 尔:(走近)这是什么?

赫 利 朋:白兰地,可惜,打破了。为了庆贺新的总指挥,大家喝一杯不很好吗,啊?我那里还有,啊?

盖 达 尔:收拾一下,你自己也滚出去吧。

赫 利 朋：是，是，是。（抓起包卷，跑下。）

〔欧格涅夫上，随后科罗斯上。

盖 达 尔：我很高兴，受斯大林同志的委托把任命您为前线总指挥的命令交给您。（交给欧格涅夫。欧格涅夫看着，科罗斯也看着。）

欧格涅夫：这怎么可以呢？我实在太年轻了……

盖 达 尔：斯大林同志说，应该更大胆些提拔年轻的、有才能的将领们到领导的职位上去，和年老的将领们在一起，要提拔那些能够进行现代战争的，而不是照着老一套的，能够在现代战争的经验学习的，能够成长和向前进步的。

科 罗 斯：沃洛伽，亲爱的……对不起……（立正）前线总指挥同志。您看看我老头子，您就会懂得，这件事做得多么正确。（拥抱并吻欧格涅夫。）

剧终